U0753647

# 楚辞

全本全注全译

〔战国〕屈原等 著

中华文化讲堂 注译

萧祥剑 修订

团结出版社

图书在版编目(CIP)数据

楚辞 / (战国) 屈原等著 ; 中华文化讲堂注译. --
北京 : 团结出版社, 2018.3
(谦德国学文库)
ISBN 978-7-5126-6038-0

Ⅰ. ①楚… Ⅱ. ①屈… ②中… Ⅲ. ①古典诗歌—诗
集—中国—战国时代②《楚辞》—注释③《楚辞》—译文
Ⅳ. ①I222.3

中国版本图书馆CIP数据核字(2018)第008915号

---

出版: 团结出版社
(北京市东城区东皇城根南街84号 邮编: 100006)
电话: (010) 65228880 65244790 (传真)
网址: www.tjpress.com
Email: 65244790@163.com
经销: 全国新华书店
印刷: 北京天宇万达印刷有限公司

---

开本: 148×210 1/32
印张: 11
字数: 295千字
版次: 2018年8月 第1版
印次: 2022年2月 第4次印刷

---

书号: 978-7-5126-6038-0
定价: 48.00元

# 《谦德国学文库》出版说明

人类进入二十一世纪以来，经济与科技超速发展，人们在体验经济繁荣和科技成果的同时，欲望的膨胀和内心的焦虑也日益放大。如何在物质繁荣的时代，让我们获得内心的满足和安详，从经典中获取智慧和慰藉，或许是我们不二的选择。

之所以要读经典，根本在于，我们应当更好地认识我们自己从何而来，去往何处。一个人如此，一个民族亦如此。一个爱读经典的人，其内心世界必定是丰富深邃的。而一个被经典浸润的民族，必定是一个思想丰赡、文化深厚的民族。因为，文化是民族之灵魂，一个民族如果不能认识其民族发展的精神源泉，必定就会失去其未来的生机。而一个民族的精神源泉，就保藏在经典之中。

今日，我们提倡复兴中华优秀传统文化，当自提倡重读经典始。然而，读经典之目的，绝不仅在徒增知识而已，应是古人所说的“变化气质”，进一步，是要引领我们进德修业。《易》曰：“君子以多识前言往行，以蓄其德。”实乃读经典之要旨所在。

基于此理念，我们决定出版此套《谦德国学文库》，“谦德”，即本《周易》谦卦之精神。正如谦卦初六爻所言：“谦谦君子，用涉大川”，我们期冀以谦虚恭敬之心，用今注今译的方式，让古圣先贤的教诲能够普及到每一个人。引导有心的读者，透过扫除古老经典的文字障碍，从而进入经典的智慧之海。

作为一套普及型的国学丛书，我们选择经典，不仅广泛选录以儒家文化为主的经、史、子、集，也将视野开拓到释、道的各种经典。一些大家所熟知的经典，基本全部收录。同时，有一些不太为人熟知，但有当代价值的经典，我们也选择性收录。整个丛书几乎囊括中国历史上哲学、史学、文学、宗教、科学、艺术等各领域的基本经典。

在注译工作方面，版本上我们主要以主流学界公认的权威版本为底本，在此基础上参考古今学者的研究成果，使整套丛书的注译既能博采众长而又独具一格。今文白话不求字字对应，只在保证文意准确的基础上进行了梳理，使译文更加通俗晓畅，更能贴合现代读者的阅读习惯。

古籍的注译，固然是现代读者进入经典的一条方便门径，然而这也仅仅是阅读经典的一个开端。要真正领悟经典的微言大义，我们提倡最好还是研读原本，因为再完美的白话语译，也不可能完全表达出文言经典的原有内涵，而这也正是中国经典的古典魅力所在吧。我们所做的工作，不过是打开阅读经典的一扇门而已。期望藉由此门，让更多读者能够领略经典的风采，走上领悟古人思想之路。进而在生活中体证，方能直趋圣贤之境，真得圣贤典籍之大用。

经典，是一代代的古圣先贤留给我们的恩泽与财富，是前辈先人的智慧精华。今日我们在享用这一份财富与恩泽时，更应对古人心存无尽的崇敬与感恩。我们虽恭敬从事，求备求全，然因学养所限、才力不及，舛误难免，恳请先贤原谅，读者海涵。期望这一套国学经典文库，能够为更多人打开博大精深之中华文化的大门。同时也期望得到各界人士的襄助和博雅君子的指正，让我们的工作能够做得更好！

团结出版社<br>2017年1月

# 前言

“楚辞”之名，始见于西汉武帝时，最早出现在司马迁《史记·酷吏列传》中，其本义是指带有楚地特色的文辞。宋代黄伯思《翼骚序》中云：“屈宋诸骚，皆书楚语，作楚声，纪楚地，名楚物，故可谓之‘楚辞’。”可见，楚辞就是指具有楚国地方特色的乐调、语言、名物而创作的诗赋。

楚辞是在楚国民歌基础上经加工、提炼并发展起来的。从创作手法上来看，楚辞是属于浪漫主义的，它具有奔放的感情、奇特的想象，而且具有浓郁的楚国地方特色，并富有丰富的神话色彩和思想情感。而从诗歌体裁上来看，以屈原为代表的战国后期诗人，在楚国民歌基础上开创了楚辞这种新诗体。可以说，楚辞的产生，是与楚国地方民歌以及楚地文化传统的熏陶分不开的。

不仅如此，楚辞还是南方楚国文化与北方中原文化相互结合的产物。春秋战国之后，楚国日益强大，在问鼎中原、争霸诸侯的过程中，它便不可避免地与北方诸国频繁接触，南北文化自此产生了广泛的交流。

屈原吸收原本楚辞的营养，创作出《离骚》等一系列著作，后人又随之效仿，名篇接连而出，楚辞逐渐变成了一种有特点的文学作品。西汉刘向编辑成《楚辞》集，东汉王逸又对其有所增益，并分章加注成《楚辞章句》，慢慢形成了今人所看到的《楚辞》文本的通行篇目。全书都以屈原作品为主，其余各篇也都是承袭了屈赋的形式。于是，"楚辞"便从一个泛指楚地文辞的名词称呼，变成了模拟屈骚精神作品的专称。因为《楚辞》中的灵魂作品是屈原的《离骚》，所以楚辞又被称为"骚"；汉代时，楚辞在文体上属于赋，所以又常常被称为"屈赋"。

经历了屈原作品的创始、屈原之后的仿作、汉初的搜集、刘向的辑录等历程，《楚辞》的成书时间应在公元前26年至公元前6年之间。但是刘向的《楚辞》原书早已佚亡，后人只能间接通过被认为保留最为完整的东汉王逸的《楚辞章句》、宋代洪兴祖的《楚辞补注》来追溯、揣测其书的原貌。

事实上，对于整个中国文化系统而言，《楚辞》都具有相当不同寻常的意义。而在中国诗史上，《楚辞》更是占有极为重要的地位，它成为继《诗经》之后，我国古代又一部具有深远影响的诗歌总集。后人也因此将《诗经》与《楚辞》并称为风骚。风指十五国风，代表《诗经》，充满现实主义精神。而骚就是指《离骚》，代表了《楚辞》，充满浪漫主义精神。风骚逐渐成为中国古典诗歌现实主义和浪漫主义创作的两大流派。

提到《楚辞》，必提屈原（约前340—前278），他是《楚辞》当之无愧的核心人物，是中国历史上第一位伟大的爱国主义诗人，也是中国浪漫主义文学的奠基人，开辟了“香草美人”的传统。他的出现，标志着中国诗歌从集体歌唱进入到了个人独创的新时代。

屈原名平，字原，出身于楚国宗室贵族，少年时期受过良好的教育，博闻强识，志向远大。楚怀王时期，屈原颇得新人，任左徒、三闾大夫等官职，监管内政外交大事，《史记·屈原贾生列传》记载，屈原“入则与王图议国事，以出号令；出则接遇宾客，应对诸侯”，可见当时的屈原是楚国举足轻重的政治要员。

屈原提倡“美政”，主张对内举贤任能，修明法度，对外则力主联齐抗秦。但是屈原的主张与以怀王幼子子兰为首的保守贵族集团的利益相悖，因此他便被这些人的谗言相加，楚怀王听多了毁谤，便也对屈原产生了怀疑，逐渐疏远了他。当时恰逢齐楚联盟，秦国借助屈原被疏远这个绝好机会，离间齐楚，并借此拆散六国联盟。

怀王十五年（前314），秦国张仪以六百里土地作为诱饵，诱骗怀王与齐国绝交，怀王上当受骗，断了交却没得到土地，恼羞成怒发兵秦国，反遭大败。怀王二十四年（前305），秦王又诱骗怀王到武关赴约，屈原力谏，反而触怒怀王，因此被流放至荒凉的汉北。公元前299年，屈原自流放地终于得回，但楚怀王则坚持入秦，结果受欺而死。顷襄王即位后，继续向秦国屈服，公子子兰依然将屈原视为眼中钉，屈原第二次被流放到了南方的荒僻地区，这一次的流放时间长达16年，很多优秀的文学作品诸如《九章·悲回风》就是在这一段时间里作成的。

楚王的不断妥协退让，让秦国越发不满足，秦将不断攻打楚国，夺取楚国土地。顷襄王二十一年（前278），秦将白起攻下了楚国都城郢都，顷襄王带着一帮执政的贵族，狼狈逃难。得知楚国败亡的屈原，在极度苦闷、完全绝望的心情下，于当年农历五月初五时，自沉于汨罗江中，以身殉国。

屈原对楚国的深情与不幸遭遇，随着他的死变得更为引人深思，尤其是那些同样仕途坎坷的文人，对他更是深表同情也深有相知之感，很多模拟屈原作品的文人形成了文学史上少见的拟骚体群体。这其中就有与屈原同时代的宋玉，宋玉出身寒微，做过小臣，但也曾经遭谗言而去官，一样郁郁不得志。他所作的《九辩》成为继屈原的《离骚》之后最杰出的楚辞作品之一。

以《离骚》为核心的《楚辞》，具有动人心魄的艺术特色。其中的浪漫主义色彩相当浓郁，神话传说、历史人物、自然现象都被巧妙地融合在一起，形成奇特的风韵，构建出一个神秘、瑰丽，而又颇具理想化的另类世界。在作品中，屈原大量使用香草美人的象征手法，用佩戴或种植的香草，表达自己异于浊世的告诫，用对美人的追求来表达自己对理想伟大君主的渴求，又以铲除恶草来表达自己希望摆脱那些奸佞小人的迫切心情，以及对那些靠谗言上位之人的无比痛恨。就如王逸在《楚辞章句·离骚经序》中所说，“善鸟香草以配忠贞，恶禽臭物以比谗佞，灵修美人以媲于君，宓妃佚女以譬近臣，虬龙鸾凤以托君子，飘风云霓以为小人”，这样的象征手法后来为诸多文人继承，形成了独特的香草美人意象群。

同时，《楚辞》开拓了诗歌的新体式，楚地浪漫自由的地方文化特色，让楚地产生了自由多变的诗歌体式。《楚辞》中就有六言、三言、四言、五言、七言等多种形式，这种灵活多变的体式，使得视觉和听觉的美感大增。而诗歌之中，大量“兮”字的运用，也创造了更自由舒缓、摇曳多姿、回旋往复的音韵效果。而且，屈原还将抒情与叙事相结合，其幻想与现实交织出现，楚地的方言、当地的特产更是穿插其中，这些都给《楚辞》中屈原的作品带来了独特的魅力。

另外，同在《楚辞》之中，宋玉的《九辩》也同样值得推敲。除了沿袭屈原词句的特点，他的文字也具有其独特的艺术特点。虽然没有屈原那样直接将自身内心激情倾泻而出的表达，但他却独辟蹊径，通过景物来表现自己的情感，将自己的感情与自然环境很好地融为一体，使得“宋玉悲秋”成为后世诗歌中颇为引人注目的一种悲情意象。

而《楚辞》对后世的影响，最重要的则是屈原作品中所体现出来的屈原精神，不论是“路曼曼其修远兮，吾将上下而求索”的探求真理精神，还是“宁正言不讳以危身”、“虽体解吾犹未变”的孤身抵抗恶势力的精神，又或者是“伏清白以死直”的高洁人格，还是其中不断展现出来的对故国的眷恋、痛心，还有与渔夫彼此截然相反的处世态度，那种坚持不懈，毫不妥协的劲头，以至于最终毫不犹豫地投江自尽殉国，这伟大的爱国精神，自他死后直至今日，都一直在感动着千万的人民，更激励着无数的志士继续奋勇向前。对于中华民族来说，“屈原精神”已经不仅仅是屈原自己的表现，它已经融入了民族传统，正在成为不朽的民族精神。

《楚辞》源远流长，其内容又博大精深，其思想也颇为深邃，因此历代文人对其都高度重视，也就出现了关于《楚辞》的诸多注本以及篇目不同的文本，但王逸的《楚辞》篇目流传最广，而宋代洪兴祖的《楚辞补注》则成为最常见的注本。本书以《楚辞补注》作为底本，将《楚辞》精华展露出来。

本书力求保证原文韵味，尽量在保证原生态的前提下传达原文喻意，在题解和注释时，也参考引用了诸多古今学者的研究成果，有些能在文中注释，有些未能逐一注释，在此进行特别说明，一并表示衷心谢意！

在解注过程中，难免会有不得当的内容出现，在共同的欣赏与论析中，希望能纠正可能的错误。同时，也希望能为弘扬中华经典文化，传承爱国主义传统，激发民众学习热情，尽到一份绵薄之力。更希望各位读者能在《楚辞》这一奇妙世界中，深刻领略古代贤人的思想志趣与情怀。

# 目 录

# 离骚

**【题解】**《离骚》是屈原的代表作，是《楚辞》和屈原所有作品中最具有代表性、思想性及艺术性的一篇作品。《离骚》是中国古代诗歌史上第一首也是最长的一首浪漫主义政治抒情诗，同时还是世界诗歌史上最雄奇的诗篇之一。后世常以“风”“骚”来分别代表先秦文学的两个发展阶段，“风”是以《国风》为代表的《诗经》，而“骚”，就是以《离骚》为代表的《楚辞》。

根据《史记·屈原贾生列传》中记载，本篇的写作时间应为屈原在被楚怀王疏远之后的时期，关于“离骚”的含义，司马迁也指出，“离骚者，犹离忧也”，可见这首诗是屈原遭受忧愁困苦时所作。

全诗共三百七十三句，二千四百九十个字，以第一人称和浪漫主义的象征手法，塑造了一个高大的神话式的艺术形象。屈原在这首长诗中抒写了自己的身世生平，讲述自己的不幸境遇，诉说对美好的追求，并揭露了楚王的善恶不分、昏庸多变，抨击了旧贵族的丑恶嘴脸与卑劣表现，同时还抒发了他对故国的眷恋。全诗文风绚丽多姿、波澜壮阔、想象瑰奇且气魄雄伟，将诗人崇高伟大的爱国精神，坚持正义、绝不与奸邪同流合污的坚定立场，以及即便是死也绝不后悔的斗争精神，都表现得淋漓尽致。诗中“长太息以掩涕兮，哀民生之多艰”的忧国忧民思想，“路曼曼其修远兮，吾将上下而求索”的执着精神，都成为了千古绝唱。

帝高阳之苗裔兮[①]，朕皇考曰伯庸[②]。摄提贞于孟陬兮[③]，惟庚寅吾以降[④]。皇览揆余初度兮[⑤]，肇锡余以嘉名[⑥]。名余曰正则兮[⑦]，字余曰灵均[⑧]。

**【注释】**①帝：其本义为花蒂，引申为始生之祖。在夏、商、周三代，已死的君主成为“帝”。古氏族为了美化自己的世系，都托祖于天神天帝，屈原与楚王同宗，所以以帝高阳颛顼为始生之祖。高阳：颛顼，生卒年月不详，中国上古时期部落联盟首领之一，是黄帝次子昌意的儿子，号高阳氏。《史记·楚世家》记载：“楚之先祖，出自帝颛顼高阳。”苗裔：朱熹《楚辞集注》：“苗者，草之茎叶，根所生也；裔者，衣裾之末，衣之余也。故以为远末子孙之称也。”兮：语气词，相当于现在的“啊”。

②朕：上古时代的第一人称。据《史记·秦始皇本纪》，自秦始皇二十六年（前221）起，才下诏将“朕”定为帝王自称。这里则是屈原自称。皇考：皇，大，美，光明。考，指去世的父亲。皇考就是对已经去世父亲的尊称。但也有人指出皇考是指先祖或祖父。伯庸：屈原父亲的名或字。一说是屈原先祖或祖父的名或字。

③摄提：为“摄提格”的省称，岁星名，古代岁星纪年法中子、丑、寅、卯、辰、巳、午、未、申、酉、戌、亥十二辰之一，相当于干支纪年法中的寅年。贞：古与“鼎”字同，当。孟陬（zōu）：陬，夏历正月的别名。孟陬就是孟春正月。

④庚寅：屈原出生的日子。寅年寅月寅日，楚国民间习俗认为这是难得的吉日，古有男命起寅的传说。降：古音（hōng），诞生，降生。本义为自天而降，这里指屈原自言天生。

⑤揆（kuí）：度量，揣度。初度：度，态度，器度，气象。这里指刚出生

时的器度。

⑥肇（zhào）：开始。一说认为肇是“兆”的借字，占卜的意思。锡：同“赐”，送给。

⑦正则：公正而有法则。《史记·屈原贾生列传》：“屈原者，名平。”正则，是对平字进行解释。

⑧字：取表字。灵均：灵善而均调。

**【译文】**身为先祖高阳氏的子孙，伯庸为先父之尊名。岁星恰逢寅年正月啊，我由天而降临。父亲端看我初生气度，通过卜卦赐予我美名：我的名啊为“正则”，起字则称为“灵均”。

纷吾既有此内美兮①，又重之以修能②。扈江离与辟芷兮③，纫秋兰以为佩④。汩余若将不及兮⑤，恐年岁之不吾与⑥。朝搴阰之木兰兮⑦，夕揽洲之宿莽⑧。

**【注释】**①纷：美盛，盛貌。内美：先天具有的内在的美好的德性。

②重（chóng）：加上。一说为轻重的重。修能：即“修态”，能，通态，就是美好而外表仪态。一说能通“耐”，修能为很强的才干与能力。

③扈（hù）：披在身上，楚地方言。江离：也作“江蓠”，又名“靡芜”，香草名。一说为生长于江中的香草。辟芷（zhǐ）：幽香的芷草。一说为生长于幽僻处的芷草。

④纫：搓，捻。一说为续，接。又可以解释为结，贯。

⑤汩（yù）：疾行，快速。一说念（gǔ）。

⑥不吾与：就是“不与吾”。与，等待的意思。

⑦搴（qiān）：拔取。阰（pí）：土坡，楚地方言。木兰：香木名，又名杜

兰、林兰，状如楠树，皮似桂而香。

⑧揽：采摘。洲：江河中的陆地。宿莽：经冬而不枯死的草。

**【译文】**我先天便有内在的惠质美善，又具有美好出众的仪形装扮。身披幽香的江离芷草，缀结秋日兰草为佩环。我唯恐赶不及这似水光阴，又怕岁月无情不等待！沐浴晨曦我上小山拔取木兰，身披晚霞我入水洲采摘宿莽。

日月忽其不淹兮①，春与秋其代序②。惟草木之零落兮③，恐美人之迟暮④。不抚壮而弃秽兮⑤，何不改此度⑥？乘骐骥以驰骋兮⑦，来吾道夫先路⑧。

**【注释】**①忽：通“飔”，迅速。淹：通“延”，逗留，停留。

②序：古通“谢”，过去，逝去。代序就是轮流的意思。

③惟：思。

④美人：这里指楚怀王。《离骚》中的美人都是“吾”思念、追求的对象。迟暮：比喻晚年。

⑤不抚壮而弃秽兮：据宋洪兴祖《楚辞补注》说，其所见古本此句无“不”字。抚，凭，据。壮，指壮盛之年。一说指国势强盛。秽，指污秽的行为。一说指杂乱的政事，又一说指小人。

⑥此度：指“不抚壮而弃秽”的态度。

⑦骐骥：骏马，比喻良臣。

⑧来：相招之辞。道：通“导”，引导。夫(fú)：语气词。先路：先王的道路。

**【译文】**日月倏忽前行不停留，春秋四季交替无止境。想到草木枯黄凋零，只怕我思念追求之人也将步入暮景。趁年盛时抛除痈疽污秽吧，何不就此改变旧有态度？骑跨龙驹尽情驰骋吧，我甘愿做您的引路前驱。

昔三后之纯粹兮①，固众芳之所在②。杂申椒与菌桂兮③，岂维纫夫蕙茝④？彼尧舜之耿介兮⑤，既遵道而得路⑥。何桀纣之猖披兮⑦，夫唯捷径以窘步⑧。

**【注释】**①三后：一说为夏禹、商汤、周文王（王逸）；一说为三皇，即少昊、颛顼、高辛（朱熹）；一说为楚之先君（汪瑗）；一说为伯夷、禹、稷（蒋骥）；一说为黄帝、颛顼、帝喾（王树枏）。本书以汪瑗的“楚之先君”为准。纯粹：丝无杂质称为纯，米无杂质成为粹，引申为德行完美无缺。

②固：本来。众芳：众多有才能的人。在：聚集。

③杂：会集。申：这里是重叠的意思，形容茂盛。椒：花椒，果子有香气。菌桂：一种香木。

④维：唯，只，仅。蕙茝（zhǐ）：蕙，兰草的一种。茝一说念（chǎi），即白芷。

⑤尧舜：即唐尧与虞舜，均为远古部落联盟的首领，都是古代传说中的圣明的君主。耿介：光明正直。

⑥遵道而得路：遵，循。道，正途。路，大道。

⑦桀纣：即夏桀与商纣。猖披：衣服不系带子，散乱不整的样子。引申为狂妄偏邪之意。

⑧捷径：原指近便的小路，这里比喻不遵循正轨，贪图简便快速的做法。

**【译文】**古三王德行纯正无私而完美，群贤因此聚合而汇：花椒从、肉桂树层叠相间，期间还有兰草白芷贯穿连缀。唐尧虞舜光明正直，因走正途受人拥护；为何夏桀商纣衣冠散坠，只怪他们贪图近便反而走投无路。

惟夫党人之偷乐兮①，路幽昧以险隘②。岂余身之惮殃兮③，恐皇舆之败绩④。忽奔走以先后兮，及前王之踵武⑤。荃不察余之中情兮⑥，反信谗而齌怒⑦。余固知謇謇之为患兮⑧，忍而不能舍也。

**【注释】**①夫：彼。党人：指朝廷里结党营私的人。偷乐：贪图享乐，一说作“苟且偷安”解释。

②幽昧：昏暗不明。险隘（ài）：危险狭隘。

③惮：畏惧，害怕。

④皇舆：君王所乘坐的车子，比喻国家政权。败绩：原指军队的溃败，这里指车驾的倾覆，意喻国家的灭亡。

⑤踵武：踵，足跟。踵武就是足迹的意思。

⑥荃：香草名，多比喻君主。中情：指内心真诚。

⑦齌（jì）怒：齌，炊火猛烈，引申为爆裂。齌怒就是疾怒，暴怒的意思。

⑧謇謇（jiǎn）：直言的样子。患：害。

**【译文】**结党营私之人贪图享乐，国家的前途渺茫难索。我怎会担心自己遭受殃祸？只怕颠覆了君王之车。我急匆匆为君王马后鞍前不停息，是希望您能赶上先王的足迹。但君王啊，您却不能体察我的一片忠心，反因谗言而对我心生怒火。我明知忠言正道会招灾惹祸，却无法放下而强韧苦楚。

指九天以为正兮[①]，夫唯灵修之故也[②]。曰黄昏以为期兮，羌中道而改路[③]。初既与余成言兮[④]，后悔遁而有他。余既不难夫离别兮[⑤]，伤灵修之数化[⑥]。

**【注释】**①九天：天的中央与八方，一说为古说天有九层。正，通“证”。

②灵修：指能神明远见者，这里指作品中塑造的以楚怀王为原型的另一个艺术形象。

③“曰黄昏”以下二句：这里为衍文。

④成言：定言。

⑤难：畏惮，畏惧。

⑥化：变化。一作“讹”解。

**【译文】**手指苍天作为见证，我一心为君有目共睹。约好黄昏时分成就婚配，怎奈你半路中途改道车辙。当初你我披肝沥胆定下约誓，随后却又异心生出另走邪途；我并不因与您分别而难过，只伤心君王您反复无常、不守承诺。

余既滋兰之九畹兮[①]，又树蕙之百亩[②]。畦留夷与揭车兮[③]，杂杜衡与芳芷[④]。冀枝叶之峻茂兮，愿竢时乎吾将刈[⑤]。虽萎绝其亦何伤兮，哀众芳之芜秽[⑥]。众皆竞进以贪婪兮，凭不厌乎求索[⑦]。羌内恕己以量人兮[⑧]，各兴心而嫉妒[⑨]。

**【注释】**①滋：栽，栽种。九畹（wǎn）：九，为虚数，表示多。畹，古代面积单位，二十亩田曰畹，一说三十亩田曰畹。

②树：种植。蕙：香草名，所指有两种：一种是指熏草，俗称佩兰，古人用以佩戴或者做成香焚烧以避疫。

③畦（qí）：田垄，这里作动词，一行行地种植。留夷：香草名，一说为芍药。揭车：香草名。

④杜衡：也作“杜蘅”，香草名，俗称马蹄香。芳芷：香草名，即白芷。

⑤竢（sì）：等待。刈（yì）：割取。

⑥哀：怜惜。众芳：指上文所说的六物——兰、蕙、留夷、揭车、杜衡、芳芷，比喻众贤。芜秽：荒芜，指田地因不整治而杂草丛生。

⑦凭：满足。

⑧羌（qiāng）：楚地方言，发语词。恕：揣度。

⑨兴心：生心。

**【译文】**我栽下大片的芝兰，又种下百亩的蕙草，芍药和揭车分畦种植，中间杂种杜衡与芳芷。真希望它们叶绿花红、叶茂枝繁，时机成熟便可尽数收藏。花谢草枯我并不悲伤，只悲痛它们质变而荒！众人都争名逐利、贪得无厌，欲望无底任意泛滥。他们以自己的私心猜度他人，勾心斗角，而又互相妒忌。

忽驰骛以追逐兮①，非余心之所急②。老冉冉其将至兮③，恐修名之不立。朝饮木兰之坠露兮④，夕餐秋菊之落英⑤。苟余情其信姱以练要兮⑥，长顑颔亦何伤⑦？

**【注释】**①驰骛（wù）：驰骋，奔腾。

②非余心之所急：这句话是说屈原自表自己的内心与众不同，而众人不必要嫉妒他。

③老：老景。冉冉：渐渐，形容时光渐渐流逝。

④饮：小口吸食。

⑤餐：吞食。落英：坠落的花朵，一说为初生的花朵，即蓓蕾。

⑥信姱（kuā）：姱，美好。真正美好。练要：要，约束。精粹纯洁。

⑦顑颔（kǎn hàn）：因为饥饿而面黄肌瘦。

**【译文】**如此奔往逐来，只为追求私利，却并非我心所急。人生老态渐渐显现，唯恐美名不及树立。晨起啜饮木兰滴露，傍晚含咀秋菊落花。我只求内心真正芳洁，哪怕神形憔悴，又哪里值得悲戚？

擥木根以结茝兮①，贯薜荔之落蕊②。矫菌桂以纫蕙兮③，索胡绳之纚纚④。謇吾法夫前修兮⑤，非世俗之所服。虽不周于今之人兮⑥，愿依彭咸之遗则⑦。

**【注释】**①擥（lǎn）：执持。木根：兰槐之根。

②薜（bì）荔：香草名，又称为木莲。蕊：花心。

③矫："使之直"的意思，一说为举的意思。

④索：绳索，这里作动词用，搓绳。胡绳：一种蔓生的香草。纚纚（xǐ）：长而下垂，整齐美观的样子。

⑤謇：楚地方言，发语词。一说为用心竭力、艰难勤苦的意思。前修：前代的圣人。

⑥周：调和，适合。

⑦彭咸："吾"的师表，王逸《楚辞章句》："彭咸，殷贤大夫，谏其君不听，自投水而死。"依照《离骚》的艺术特点，应为虚拟的偶像。

**【译文】**以木兰的根须编结白芷，将薜荔带露的花蕊串在一起；以菌桂缀结蕙草，将胡绳绞合得长直美丽。我效法前代贤人心带虔诚，并非流俗之辈那般习气。即便不能迎合今人趣味，我更愿依从彭咸所遗。

长太息以掩涕兮，哀民生之多艰。余虽好修姱以鞿羁兮[①]，謇朝谇而夕替[②]。既替余以蕙纕兮[③]，又申之以揽茝[④]。亦余心之所善兮，虽九死其犹未悔。怨灵修之浩荡兮[⑤]，终不察夫民心[⑥]。众女嫉余之蛾眉兮[⑦]，谣诼谓余以善淫[⑧]。固时俗之工巧兮，偭规矩而改错[⑨]。

**【注释】**①虽：通“唯”。修姱（kuā）：修洁而姱美，比喻美德。鞿羁（jī jī）：马缰绳和络头，比喻束缚。

②谇（suì）：旧说为进谏，与上下文意并不相符。游国恩解释为谮毁，郭沫若在《屈原赋今译》中则说“作为卒字解，言卒业也”，就是完成的意思。替：废，废弃。

③纕（xiāng）：佩的带子。

④申：重复。揽茝：姜亮夫认为“揽”字应为“兰”字，“兰茝”与上文的“蕙纕”相对应。

⑤灵修：指楚国国君。浩荡：原为水大的样子，这里意同荒唐。

⑥民：人，屈原自称。

⑦众女：比喻上文的“众”、“党人”。蛾眉：指女子美丽的容貌，比喻优秀的品德。

⑧谣诼（zhuó）：楚地方言，造谣毁谤。

⑨偭（miǎn）：违背。规矩：规和矩，矫正圆形和方形的两种工具。错：通“措”，措施。

**【译文】**我长长地叹息，掩面而泣，感伤人生航道之艰险！我爱好美德却身有束缚，早上向君王进谏傍晚便被废弃。因我用香蕙做佩带而加以惩罚，又因我采兰茝而予以责怪。但如此好品德正是我所喜爱，即便死九回也不放弃。只怪那君王荒唐至极，不能明察我的忠心。众人嫉恨我容貌美丽，造谣毁谤说我淫逸。本来流俗便善于取巧，方圆和规矩都能随意抛弃。

背绳墨以追曲兮①，竞周容以为度②。忳郁邑余侘傺兮③，吾独穷困乎此时也。宁溘死以流亡兮④，余不忍为此态也⑤。鸷鸟之不群兮⑥，自前世而固然。何方圜之能周兮⑦，夫孰异道而相安？屈心而抑志兮，忍尤而攘诟⑧。伏清白以死直兮⑨，固前圣之所厚。

**【注释】**①绳墨：木工画直线用的工具，这里比喻正道直行。追曲：随意曲直，没有一定的法则。

②周容：就圆随方，迎合讨好。度：常行之法。一说为态度。

③忳（tún）：忧郁，烦闷。郁邑：忧愤郁结，忧懑压抑。侘傺（chà chì）：失意而神情恍惚的样子。

④溘（kè）死：忽然死去。流亡：指暴死野外，尸体不得收敛，随水漂流。

⑤此态：指小人工巧、周容的丑态。

⑥鸷（zhì）鸟：指凶猛的鸟。一说鸷鸟为忠贞刚特之鸟。不群：猛禽不与众凡鸟为群，比喻刚正的君子不与小人为伍。

⑦方圜：同“方圆”。周：合。

⑧忍尤：容忍罪过。尤，罪过。攘诟（rǎng gòu）：容忍耻辱。

⑨伏：通“服”，信服。

**【译文】**违反标准而追随邪曲，迎合讨好反为正义。我失意不乐忧郁压抑，孤零零在这时代，潦倒不已。我宁愿暴死而尸漂野外，也不忍效法那种种丑态。鸷鸟高飞而不与凡鸟合群，自古以来便如此道理分明。圆凿孔怎适合方木柄，道不同又怎能一路同行？强自压抑胸中烦躁，姑且忍受小人造谣。守得清白死得光明，那才为圣贤众口称道。

悔相道之不察兮①，延伫乎吾将反②。回朕车以复路兮，及行迷之未远。步余马于兰皋兮③，驰椒丘且焉止息④。进不入以离尤兮⑤，退将复修吾初服⑥。制芰荷以为衣兮⑦，集芙蓉以为裳⑧。不吾知其亦已兮，苟余情其信芳⑨。

**【注释】**①相（xiàng）道：相，观察选择。相道就是观察道路，一说解释为寻找到路。察：仔细看清楚。

②延伫（zhù）：长久地站立。一说为延颈而望。

③步余马：骑着我的马慢慢走。兰皋（gāo）：皋，水边。有兰草的水边。

④椒丘：尖削的高丘。一说为有椒树的山丘。焉：于此。

⑤进不入：进谏而不被容纳。离尤：离通"罹"，遭受罪责。

⑥初服：没有入仕时的服装。

⑦制：裁剪。芰（jì）荷：指菱叶与荷叶。一说芰荷为菱花的别名，楚地方言。衣：上衣。

⑧芙蓉：荷花。裳：古代称下身穿的衣裙，男女皆服。

⑨其：句中衬字，无意义。

**【译文】**悔当初上征途未曾细看，久凝望踌躇起将要回返。调转车头重归正确之路，要趁着此时还未迷途太远。在水边兰草地骑马漫步，奔驰在椒山暂且休憩。进谏而不被接纳反遭罪责，那我就隐退重修当年衣。裁制菱叶作为上衣，缀缝荷花作为下裙。无人理解欣赏又何妨，只要我内心有真正高洁的情志。

高余冠之岌岌兮①，长余佩之陆离②。芳与泽其杂糅兮③，唯昭质其犹未亏④。忽反顾以游目兮，将往观乎四荒⑤。佩缤纷其繁饰兮⑥，芳菲菲其弥章⑦。

**【注释】**①高：用作动词，加高。岌岌（jí）：高高的样子。

②佩：身上佩戴的剑。陆离：长的样子（中华书局版）。自王逸以来，各家解释不一，有“参差”、“众貌”、“长貌”、“璀璨”等说法，近人史树青依据文字、声韵，结合出土文物，认为“陆离即琉璃，引申为色彩光亮”（上海古籍版）。

③芳：草香，也泛指香气。泽：姜亮夫《屈原赋校注》认为此字为“臭”字的讹变。糅（róu）：混杂，混合。

④唯：一说为“独”；一说为“辞也”，也就是发语词；一说同“惟”，表明心中的冀望之意。昭质：明洁的品质。亏：损。

⑤“忽反顾”以下二句：屈原欲离朝去野，隐居避祸。忽，不经意。游目，放眼纵观。四荒，四方荒远之地。

⑥缤纷：繁盛的样子。繁饰：众多的彩饰，盛饰。

⑦菲菲：香气很盛。

**【译文】**加高原本就耸立的冠冕，加长佩带更加斑斓耀眼。尽管芳香与腐臭混合弥漫，但总有好品质出淤泥而不染。倏忽间回首远望，我将去往四方荒远之地游览。佩戴好众多华美的佩饰，浓郁的芳香越发明显。

民生各有所乐兮①，余独好修以为常②。虽体解吾犹未变兮③，岂余心之可惩④？

**【注释】**①民生：即人生。

②好修：喜欢作修史。常：常规，习惯。

③体解：即肢解，古代一种酷刑，将人的肢体分解。

④惩：克制，制止。一说意为戒惧而悔恨

**【译文】**人生各有各自的喜乐，我偏好美德高洁的习惯已自放任。就算躯体分解我也不会改变，我又有何所畏惧与悔恨?

女媭之婵媛兮[①]，申申其詈予[②]。曰鲧婞直以亡身兮[③]，终然殀乎羽之野[④]。汝何博謇而好修兮[⑤]，纷独有此姱节[⑥]。薋菉葹以盈室兮[⑦]，判独离而不服[⑧]。众不可户说兮，孰云察余之中情？世并举而好朋兮，夫何茕独而不予听[⑨]。

**【注释】**①女媭（xū）：一说为屈原的姊姊；一说为屈原的妹妹；一说为女巫或神巫；一说为女伴、侍女；一说为贱妾，比喻党人；一说为假想的女性，是一种艺术化身。婵媛（chán yuán）：关心爱切而婉转痛恻的样子。

②詈（lì）：责骂。

③曰：说。一下至“夫何茕独而不予听”，都是女媭责备屈原的话。鲧（gǔn）：传说中古代部落酋长名，号崇伯，禹的父亲。婞（xìng）直：刚直。亡身：忘我。

④殀（yāo）：早死。一说死于非命。羽：羽山，地名。传说鲧被杀于羽山。

⑤博謇：博，多。謇，直言。爱说直话。

⑥纷：纷然，美盛。姱节：美好的节操。一说为奇异的行为。

⑦薋（cí）：积聚。菉（lù）：草名。葹（shī）：草名，即枲耳。

⑧判独：分别离散。服：使用。

⑨茕（qióng）独：孤独。不予听：即不听予。予，我，女嬃自谓。

**【译文】**女嬃婉转痛恻，重重地将我斥责。她说鲧正是因为刚直而被流放，最后死于羽山之侧。你为什么还要尽忠修身，何必要有如此美好节操而与众不同！屋子里堆满各种野花杂草，但你却不愿佩戴迥异于人。不可能向每个人说清误会，谁又能明白我们内心的真诚？世人都在彼此吹捧结党营私，而你为何如此孤僻连我的话都不肯听？

依前圣以节中兮①，喟凭心而历兹②。济沅湘以南征兮③，就重华而陈词④。启《九辩》与《九歌》兮⑤，夏康娱以自纵⑥。不顾难以图后兮⑦，五子用失乎家巷⑧。

**【注释】**①节中：节制不偏，保持正道。

②喟（kuì）：叹息，叹声。凭：愤懑。历：经历，遭遇。兹：此。

③济：渡。沅（yuán）：沅江，古称沅水，沅江流域涉及贵州、四川、湖南湖北四个省和重庆市。湘：湘江，源出广西，流入湖南，是湖南最大的河流。征：行。

④重（chóng）华：虞舜的美称。一说舜重瞳，故名。

⑤启：夏启，大禹之子，夏朝君主。一说为“开启”。《九辩》：夏代乐曲名，一说为天帝乐曲名。《九歌》：古代乐曲，相传为禹时的乐曲，一说也为天帝乐曲名。

⑥夏：一说为大，一说为太康，一说为下，一说为夏王。康娱：逸乐，安乐。

⑦不顾难：不回顾其最初取得天下的不容易。以图后：为后代做谋划。

⑧五子：一说为启的五个儿子，一说为太康昆弟无人，一说为启的第五

个儿子，一说为启的兄弟。用失乎：即“用乎”，“失”字为衍文。用乎，因之，因而。家巷（hòng）：巷，通“閧”。内讧。夏启十年至十一年间，五个儿子叛乱，被平定。夏启十五年，最小的儿子武观又叛乱，“五子家閧”就是指这两次内乱。

**【译文】**遵循先圣保持正道，可叹我竟如此遭遇。渡过沅江湘江南行，向帝舜大声陈辞：夏启带回《九辩》、《九歌》，王朝自此放纵淫乐。不居安思危谋划后世，五子因此内讧相争。

羿淫游以佚畋兮①，又好射夫封狐②。固乱流其鲜终兮③，浞又贪夫厥家④。浇身被服强圉兮⑤，纵欲而不忍。日康娱而自忘兮⑥，厥首用夫颠陨⑦。夏桀之常违兮⑧，乃遂焉而逢殃。

**【注释】**①羿（yì）：传说中夏代有穷氏的国君，因夏氏以代，善射，不修民事，为家臣寒浞所杀。佚（yì）：放纵。畋（tián）：畋猎，打猎。

②好（hào）：喜好。封狐：大狐。一说为大猪。“狐”为“狶”之误。

③乱流：逆乱之流。鲜（xiǎn）终：少有善终。

④浞（zhuó）：传说中夏代有穷氏国君羿之相。羿不理政事，寒浞杀羿而自立。厥（jué）：其，这里指代羿。家（gū）：通“姑”，古时对妇女的一种称谓，这里指羿的妻室。

⑤浇（ào）：即过浇。传说中夏代寒浞之子。被（pī）服强圉（yǔ）：仰仗自己强大的力量。一说为穿着坚甲。

⑥自忘：忘怀自身安危。

⑦用夫：因而。颠陨（yǔn）：坠落。

⑧夏桀：夏代最后一个君主，名履癸，相传为暴君。常违：经常违背天道和人理。

**【译文】**后羿纵情游猎嬉戏，沉迷射杀大狐取乐。恣意妄行而没有好下场，寒浞又起淫心占其娇妻。过浇自恃身强有力，放纵欲念而无节制。日日忘形寻欢享乐，最终落得人头落地。夏桀所行违反常理，也是难逃灾祸降临。

后辛之菹醢兮①，殷宗用而不长②。汤禹俨而祇敬兮③，周论道而莫差。举贤而授能兮，循绳墨而不颇④。皇天无私阿兮⑤，览民德焉错辅⑥。夫维圣哲以茂行兮⑦，苟得用此下土⑧。

**【注释】**①后辛：即殷纣王。后，君主。辛，纣王之名。菹醢（zū hǎi）：菹，切细的腌菜。醢，肉酱，这里指古代一种将人剁成肉酱的酷刑。后亦用以泛指处死。

②殷宗：殷商之国祚。用而：因而，因此。

③汤禹：商汤与夏禹。一说为大禹。俨：恭敬，庄重，庄严。祇（zhī）敬：恭敬。

④循：顺着，遵从。绳墨：木工画直线用的工具，比喻规矩、准则、法度。

⑤皇天：对天及天神的尊称。私阿（ē）：偏爱，曲意庇护。

⑥民德：这里的“民”指君主，在皇天看来，人君也是臣民。错辅：错，通“措”，安排。安排辅助。

⑦维：同“唯”，独。圣哲：这里指具有超人的道德才智的人。茂行：德行充盛。

⑧苟：于是。用：拥有，治理。下土：天下。

**【译文】**纣王发明菹醢酷刑，殷商因此不能国祚久长。大禹与商汤严明谨慎，周详论道仁德施政。推举贤德任用能臣，规矩在上无有偏差。上苍不会偏袒谁啊，贤德之人才能得到辅助。只有贤达睿智、德行充盛，才能拥有整个天下。

瞻前而顾后兮，相观民之计极[①]。夫孰非义而可用兮，孰非善而可服[②]。阽余身而危死兮[③]，览余初其犹未悔。不量凿而正枘兮[④]，固前修以菹醢[⑤]。曾歔欷余郁邑兮[⑥]，哀朕时之不当[⑦]。揽茹蕙以掩涕兮[⑧]，沾余襟之浪浪[⑨]。

**【注释】**①相（xiàng）：看，观察。计极：兴亡的原因。

②服：行，行事。

③阽（diàn）：临近危险。危死：濒临死亡。

④凿：榫眼。正：审定，确定。枘（ruì）：器物的榫头。

⑤前修：古代的贤人，这里指像龙逢、梅伯这样因忠言直谏而遭到菹醢之刑的贤人。

⑥曾：通“增”，屡屡。歔欷（xū xī）：悲泣，抽噎。

⑦当：引申为“值”，逢，遇之义。

⑧茹：柔软。一说为香草名。

⑨沾：浸湿。浪浪：泪流不止的样子。

**【译文】**回顾历史、展望未来，观看人世变迁道理。不义之人怎可能得到重用，不善之事哪能得以推行。即便我深陷危难几陷死地，但回想初衷亦不言悔。不度量榫眼而确定榫头，这正是前贤粉身碎骨的原因。我频频悲叹满心忧郁，哀叹自己生不逢辰。拔一把蕙草擦拭眼泪，泪珠滚滚沾湿了我的衣襟。

跪敷衽以陈辞兮[①]，耿吾既得此中正[②]。驷玉虬以乘鹥兮[③]，溘埃风余上征[④]。朝发轫于苍梧兮[⑤]，夕余至乎县圃[⑥]。欲少留此灵琐兮[⑦]，日忽忽其将暮。吾令羲和弭节兮[⑧]，望崦嵫而勿迫[⑨]。

**【注释】**①敷：展开。衽（rèn）：衣襟。

②耿：光明正大。中正：即上文的“节中”，正道，真理。

③驷（sì）：古代一车套四马，所以称驾一车之四马，或四马所驾之车。这里作动词用，意同驾。虬（qiú）：传说中无角的龙。鹥（yī）：传说中凤一类的鸟，身上有五彩花纹。

④溘：忽然。埃：微小的尘土。征：行，这里指乘坐四龙所拉的凤车飞上天。

⑤轫（rèn）：阻止车轮转动的木头。苍梧：一名九嶷，位于湖南省永州市宁远县东南。

⑥县圃：又作玄圃、悬圃，传说中为神仙居住的地方，位于昆仑山顶。

⑦灵琐：琐，门上雕刻的花纹，这里代指门。指神的宫门。

⑧羲和：古代神话传说中驾驭日车的神。弭（mǐ）节：节，车子行驶的步调。缓慢行驶。

⑨崦嵫（yān zī）：即齐寿山，位于甘肃省天水市西，古代常用来指日落之地。迫：迫近。

**【译文】**衣襟铺地，跪吐忠言，我得到无私正道，内心开朗豁然。四龙驾驭，凤车飞腾，依托风云，我已直上天空。晨起自苍梧启程，傍晚则来到县圃，原想停歇在这神门之前，怎奈日轮却已匆匆入暮。我让羲和徐徐前行，并不急切奔向崦嵫。

路曼曼其修远兮[①]，吾将上下而求索[②]。饮余马于咸池兮[③]，总余辔乎扶桑[④]。折若木以拂日兮[⑤]，聊逍遥以相羊[⑥]。前望舒使先驱兮[7]，后飞廉使奔属[8]。

**【注释】**①曼曼：形容距离远或时间长。修远：长远。

②上下而求索：求索的对象，各家说法不一，通过上下文，应为“求天帝之所在”近是。

③咸池：神话传说中太阳沐浴的神池。

④总：系，结，束结。辔（pèi）：驾驭马的缰绳。扶桑：神话中的树名。传说其位于东方，日出于扶桑之下，拂其树杪而升，为日出之处。

⑤若木：古代传说中的神树名，据说位于昆仑极西日入之处。一说为扶桑。

⑥聊逍遥以相羊：聊逍遥、相羊，是连绵词的不同变体，意思相同，都有徘徊的意思。

⑦望舒：神话中为月驾车的神。先驱：原指军队中的前锋，这里引申为向导。

⑧飞廉：即风神。一说为能致风的神禽名。奔属（zhǔ）：奔跑着紧跟在后面。

**【译文】**我的前途依然漫长无边，我将上天入地寻求出路。让白龙在咸池痛饮，将马缰栓住扶桑神木。攀折若木遮住阳光，姑且自由地逍遥徜徉。派遣月神在前为向导，让风伯做随从在后奔跑。

鸾皇为余先戒兮[1]，雷师告余以未具[2]。吾令凤鸟飞腾兮[3]，继之以日夜。飘风屯其相离兮[4]，帅云霓而来御[5]。纷总总其离合兮[6]，斑陆离其上下[7]。吾令帝阍开关兮[8]，倚阊阖而望予[9]。

**【注释】**①鸾（luán）皇：也作“鸾凰”。鸾与凰，都是瑞鸟名，常用来比喻贤士淑女。

②雷师：神话中的雷神。或说就是丰隆。未具：驾御未备。

③凤鸟：凤凰，传说中的瑞鸟。

④飘风：旋风，暴风。屯：聚集。离：读作“丽”，附着。

⑤帅：通“率”，率领。霓：通“蜺”，也成为副虹。虹有内外两层，古人分别称之，内层色鲜，为虹；外层色淡，为蜺。御：迎接。

⑥总总：聚集一处的样子。

⑦斑：荣盛。陆离：光辉灿烂的样子。

⑧阍（hūn）：看门人。

⑨阊阖（cháng hé）：神话中的天门。

**【译文】**早就有鸾凤出去戒严开道，雷师却说严装尚未备好。我命令凤凰飞腾升空，夜以继日不得歇停。暴风顿起前呼后拥，统率云雾、虹霓前来恭迎。这来势盛大忽聚忽散，天地间一片光辉灿烂。我命天帝的看门人打开天门，他却倚靠天门对我视而不见。

时暧暧其将罢兮①，结幽兰而延伫。世溷浊而不分兮②，好蔽美而嫉妒③。

**【注释】**①暧暧（ài）：昏暗的样子。

②溷（hùn）浊：混乱污浊。

③美：品德、才能都优秀的人。

**【译文】**此刻一日将尽，天色昏暗，我不得不长久停驻，只得寄情于编结幽兰。天上人间都浑浊不堪，偏爱掩蔽贤才，对其嫉妒刁难。

朝吾将济于白水兮①，登阆风而緤马②。忽反顾以流涕兮，哀高丘之无女③。溘吾游此春宫兮④，折琼枝以继佩⑤。及荣华之未落兮⑥，相下女之可诒⑦。吾令丰隆乘云兮⑧，求宓妃之所在⑨。

**【注释】**①白水：神话传说中源自昆仑山的一条河流，相传喝了其中的水可以长生不死。

②阆（làng）风：山名，神话传说中神仙居住的地方，位于昆仑之巅。緤（xiè）马：系马。

③高丘：楚国山名。一说为传说中的神山。

④春宫：神话传说中东方青帝居住的地方。

⑤琼枝：神话传说中的玉树。

⑥荣华：原指草木茂盛、开花，这里比喻美好的容颜或年华。

⑦相（xiàng）：视。下女：蒋骥《山带阁注楚辞》认为"指下处宓妃诸人；对高丘言，故曰下"。诒（yí）：通"贻"，赠送。

⑧丰隆：神话传说中的雷神，后多用做雷的代称。一说是云神。

⑨宓（fú）妃：神话传说中的洛水女神。

**【译文】**晨光中我渡到白水彼岸，将白龙拴在阆风山巅。举目四看我潸然泪下，哀伤这楚地高丘并无美女丽媛。我匆忙来到春神宫殿，攀折琼枝装饰佩饰，趁着缤纷鲜花尚未凋谢，采来送与美女以表衷肠。我吩咐丰隆驾起彩云，去寻访宓妃幽静的居处。

解佩纕以结言兮①，吾令蹇修以为理②。纷总总其离合兮③，忽纬繣其难迁④。夕归次于穷石兮⑤，朝濯发乎洧盘⑥。保厥美以骄傲兮⑦，日康娱以淫游。虽信美而无礼兮，来违弃而改求⑧。

**【注释】**①结言：用言辞订约。

②蹇修：传说中伏羲氏的臣子，古贤者。一说为以钟磬声乐为媒使。理：使者，媒人。

③纷总总：形容情况迷乱，不明朗。

④纬繣（huà）：乖戾，不合。

⑤次：留宿。穷石：神话中传说的地名。

⑥濯（zhuó）：洗涤。洧（wěi）盘：神话传说中的水名。据说发源于崦嵫山。

⑦保：依靠，仗恃。厥：其，指宓妃。

⑧来：招呼丰隆的话。违弃：抛开，丢开。

**【译文】**解下兰佩寄托我的深情，请蹇修来做我的媒人。宓妃她开始还对我若即若离，但突然转身便又爱答不理。晚上她回到穷石休息，早起又在洧盘清洗秀发。她自恃美貌而心高气傲，每日享乐纵情放荡。虽然她的确美丽，但却缺乏礼教，于是我召回蹇修，撇开她另作寻找。

览相观于四极兮[①]，周流乎天余乃下。望瑶台之偃蹇兮[②]，见有娀之佚女[③]。吾令鸩为媒兮[④]，鸩告余以不好。雄鸠之鸣逝兮，余犹恶其佻巧[⑤]。心犹豫而狐疑兮，欲自适而不可[⑥]。凤皇既受诒兮[⑦]，恐高辛之先我[⑧]。

**【注释】**①览相观：三字同义，都是看的意思。四极：泛指四方之边极。

②瑶台：美玉砌的楼台。偃（yǎn）蹇：高耸。

③有娀（sōng）：传说中的古国名。相传有娀氏有一个美貌的女儿，名为简狄。佚女：美女。指简狄。

④鸩（zhèn）：传说中的一种毒鸟，羽毛有剧毒，放入酒中可以置人于

死地。

⑤恶（wù）：讨厌，憎恨。佻（tiāo）巧：轻佻巧佞。

⑥适：往。

⑦凤皇：即凤凰。受诒：诒，通“贻”，指聘礼。指凤凰已经接受了送给简狄的聘礼，准备前去说媒。

⑧高辛：帝喾最初受封于辛，后即帝位，号高辛氏。

**【译文】**仔细观察四方八极，周游天宇后我降临大地。望见美玉楼台高耸，见到有娀美女简狄。我托鸩去为我做媒，但鸩却告诉我她种种不好。雄鸠高叫着越飞越远，我厌恶它的轻佻讨巧。犹豫不定而又满腹狐疑，想亲自去又并不合礼数。凤凰虽已接受了信物，但我总怕帝喾会比我先到。

欲远集而无所止兮，聊浮游以逍遥①。及少康之未家兮②，留有虞之二姚③。理弱而媒拙兮，恐导言之不固④。世溷浊而嫉贤兮，好蔽美而称恶。闺中既以邃远兮⑤，哲王又不寤⑥。怀朕情而不发兮，余焉能忍与此终古。

**【注释】**①浮游：不知所求，没有目的地漫游。逍遥：徘徊不进。

②少康：夏代中兴之主，帝相之子。

③有虞：相传为虞舜后裔的部落国家。二姚：有虞国君的两个女儿。有虞氏属姚姓，所以他的两个女儿称“二姚”。

④导言：传达疏导之言。

⑤闺：宫中小门，引申为内室。邃：幽深。

⑥哲王：明智的君王。寤（wù）：醒悟，觉醒。

**【译文】**想在远方栖身却无处投靠，只能漫天徘徊聊以逍遥。趁少康还未成家，那有虞氏的二姚还待字闺中。使者无能媒人拙劣，恐怕无法传达我一片深情。这世道太浑浊容不得贤良，偏喜欢遮蔽美善而把邪恶宣扬。内宫幽深，明君不觉，我的衷情不得舒泻，我又怎能强忍郁闷抱恨此生。

索藑茅以筳篿兮①，命灵氛为余占之②。曰两美其必合兮③，孰信修而慕之？思九州之博大兮④，岂唯是其有女⑤？曰勉远逝而无狐疑兮⑥，孰求美而释女⑦？何所独无芳草兮⑧，尔何怀乎故宇⑨？

**【注释】**①藑（qióng）茅：即旋花，一种多年生蔓草，可用于占卜，又称灵草。筳篿（tíng zhuān）：筳，木棍，一说为竹片。篿，楚人用茅草加木棍或竹片的占卜方法的统称。隋唐以前折竹为卜，为筳篿本义。

②灵氛：灵，神巫。灵氛为神巫名。占（zhān）：占卜吉凶。

③曰：以下四句都是灵氛的答语。一说“曰”以下四句是屈原的问卜之词。两美其必合：这里的“两美”有象喻义，承上文“求女”而来，指男女匹合。其更深层次的象喻意义则是指圣君贤臣的遇合，屈原的作品经常以男女关系比喻君臣关系。

④九州：《尚书·禹贡》称，当时中国有冀、徐、梁、雍、兖、荆、扬、青、豫九州。这里似指更为宽泛，与邹衍所说“赤县神州”的大九州说法相近。

⑤是：此处，这里，指楚国。一说指上文所说的天地四方，即宓妃、简狄、二姚的所在地。

⑥“曰勉”以下四句：灵氛劝告作者的话。

⑦女：通“汝”，你。

⑧芳草：比喻贤人。

⑨故宇：指家园，旧居。宇，屋檐。

**【译文】**取竹片、茅叶来算卦，请灵氛来为我占卜。他说郎才女貌必定相合，哪个真正美好的人不会被仰慕？想这天下如此之广阔，难道只有这里才有好女美妇？他说高飞远走不要迟疑牵挂，哪个真心追求美好的人会将你丢下？哪里会没有芳草鲜花，你何必贪恋这旧居老家？

世幽昧以昡曜兮[①]，孰云察余之善恶。民好恶其不同兮，惟此党人其独异[②]。户服艾以盈要兮[③]，谓幽兰其不可佩。览察草木其犹未得兮，岂珵美之能当[④]？苏粪壤以充帏兮[⑤]，谓申椒其不芳。欲从灵氛之吉占兮，心犹豫而狐疑。巫咸将夕降兮[⑥]，怀椒糈而要之[⑦]。百神翳其备降兮[⑧]，九疑缤其并迎[⑨]。

**【注释】**①昡曜（xuàn yào）：昡，一作“眩”。曜，通“耀”。迷惑混乱。

②党人：特指楚国谄上欺下的结党营私之辈。

③服：佩带。艾：白蒿，一种恶草。盈要：满腰。

④珵（chéng）：美玉。当：得当，得宜。

⑤苏：拾取。帏：香囊。

⑥巫咸：古神巫名，这里借用其名，并非历史人物，而是寓言人物。

⑦椒糈（xǔ）：椒，香料。糈，精米。以椒香拌和的精米，类似粽子。

⑧翳（yì）：华盖。这里用作动词，遮蔽。备降：一同降临。

⑨九疑：即九嶷，原指山名，这里指九嶷诸神。

**【译文】**世道昏暗使人眼迷心乱，谁又能将我心之善恶明察？天下人各有好恶尺度，只有这些党徒们令人不可思议，古怪异常。他们将萧艾野草挂满腰间，却说幽谷香兰不能在腰间佩挂。连草木都不会辨别，又怎能对玉石的美质进行衡量？拾取粪土装满香囊，反说申椒并不芳香。想要从灵氛那里听到吉祥的占卜，但又犹豫着忐忑不安。巫咸傍晚便要降临，我怀揣香粽出迎。众神降临蔽日遮天，九嶷山神灵也出来迎接。

皇剡剡其扬灵兮①，告余以吉故。曰勉升降以上下兮②，求矩矱之所同③。汤禹严而求合兮④，挚咎繇而能调⑤。苟中情其好修兮，又何必用夫行媒⑥。说操筑于傅岩兮⑦，武丁用而不疑⑧。

**【注释】**①皇剡剡（yǎn）：皇，大。剡剡，光华四溢、闪闪发亮的样子。

②曰：以下至“使夫百草为之不芳”都是巫咸劝告的话。升降以上下：八方四处周游，有寻找贤君知己的意思。

③矩矱（yuē）：矩，本指画直角或方形的工具，后引申为法度。矱，亦指尺度。矩矱即规矩、规约。

④严：通“俨”，庄重，恭敬。合：匹合，这里指与自己志同道合的贤臣。

⑤挚咎繇（gāo yáo）：挚，商汤名臣伊尹。咎繇，舜臣，又作“皋陶”。

⑥媒：原指出使以通聘问之人，这里指通达己意于君王左右的媒介、使臣。

⑦说（yuè）：即傅说，殷时的贤臣。操筑：版筑。操，持。筑，打土墙用的木杵。傅岩：地名，傅说服贱役的地方，位于今山西省平陆县东。

⑧武丁（？—前1192年）：即殷高宗。

**【译文】**巫咸威灵神光特显，娓娓道来吉利的占卜。他说要八方四处周游，寻找贤君知己，依照合适的尺度选择同道。夏禹和商汤恭敬索求，才得到伊尹、皋陶与之共济调和。只要内心崇尚修洁，又何必依靠使节来沟通。傅说在傅岩操杵筑土，武丁给予他毫无猜疑的重用。

吕望之鼓刀兮①，遭周文而得举②。宁戚之讴歌兮③，齐桓闻以该辅④。及年岁之未晏兮⑤，时亦犹其未央。恐鹈鴂之先鸣兮⑥，使夫百草为之不芳。何琼佩之偃蹇兮⑦，众薆然而蔽之⑧。惟此党人之不谅兮，恐嫉妒而折之。时缤纷其变易兮⑨，又何可以淹留。

**【注释】**①吕望：即姜子牙，遇文王而得重用，晚年出仕，帮助武王攻破商王朝，受封于齐地。鼓刀：指运刀镞时虎虎有声。鼓，舞动。

②周文：即周文王姬昌。

③宁戚：春秋时卫国人，喂牛时敲着牛角唱歌，抒发胸怀，被齐桓公听到，带走任他为客卿。

④齐桓：即齐桓公，春秋五霸之一，曾九次诏令诸侯拱卫周室，并为盟主。该辅：征用以备辅佐之选。该，备。

⑤晏：晚。

⑥鹈鴂（tí jué）：鸟名，即子规、杜鹃。一说为伯劳鸟。

⑦琼佩：玉树枝所做的佩。偃蹇：形容美盛的样子。一说是高卓、突出的样子。

⑧薆然：遮蔽的样子。

⑨缤纷：这里形容时世纷乱混浊。

**【译文】**姜尚曾经挥舞过屠刀，但文王知遇却让他不再潦倒。宁戚喂牛时引吭高歌，这才引来齐桓公带他入朝。趁着你的年华还未曾衰老，时势的极限也还未曾来到。唯恐子规叫得太早，让那百花芳香尽消。为何玉佩那般出众美丽，人们却要群起将其光芒遮蔽？这些党徒小人真不诚信，怕是他们因为嫉妒而将玉佩毁弃。时代变换翻覆，世态易变莫测，又有什么理由让我在此长久留恋？

兰芷变而不芳兮，荃蕙化而为茅①。何昔日之芳草兮，今直为此萧艾也②。岂其有他故兮，莫好修之害也。余以兰为可恃兮③，羌无实而容长④。委厥美以从俗兮⑤，苟得列乎众芳。椒专佞以慢慆兮⑥，榝又欲充夫佩帏⑦。既干进而务入兮⑧，又何芳之能祗⑨。

**【注释】**①茅：茅草，这里比喻谗佞小人。

②直：竟然。萧艾：萧，即白蒿。艾，即艾草。贱草，这里比喻谗佞小人。

③兰：指子兰，即怀王少子。一说此处的“兰”并非实有所指，只是比喻变节的人。

④容长：外貌美好。这一句历来多认为有影射时事的意思。

⑤从俗：追随世俗，与小人同流合污。

⑥椒：王逸认为是影射楚国大夫子椒；另一种说法认为只是对于一班变节之人的比喻说法。慢慆（tāo）：怠惰，逸乐。

⑦榝（shā）：古书上说的茱萸一类的植物。

⑧干：求。进：进身。务入：即务必求进，与“干进”同义。

⑨祗（zhī）：尊敬，爱护。

**【译文】**兰草白芷变得不再香醇，荃蕙也变得与茅草无二一般。为什么曾经的芳香花草，如今却变成了萧艾贱草？难道说还有别的缘由吗？还是它们自身不再洁身自好。本以为兰草值得依靠，但它却也只是徒有其表。丢掉它的美好而随波逐流，名列众芳之间它应感到羞臊。椒专断谗佞飞扬跋扈，茱萸都想要钻进香囊荷包。既然只一心贪图名利地位，又怎会敬重芳洁之道。

固时俗之流从兮[①]，又孰能无变化。览椒兰其若兹兮，又况揭车与江离[②]。惟兹佩之可贵兮，委厥美而历兹[③]。芳菲菲而难亏兮[④]，芬至今犹未沬[⑤]。和调度以自娱兮[⑥]，聊浮游而求女。及余饰之方壮兮[⑦]，周流观乎上下。

**【注释】**①流从：如水流顺势而下，滔滔不返，比喻世俗盲目从众，不辨是非。

②揭车与江离：借以比喻贤才中变节的人。

③委：丢弃，这里是遭人抛弃的意思。历兹：到这步田地的意思，意思是遭遇祸殃，以至于此。

④亏：亏损，消歇。

⑤沬（mèi）：这里是香气消散的意思。

⑥调度：格调和法度。一说为调整。

⑦饰：佩饰，服饰，这里比喻年岁。壮：壮大，这里比喻年富力强。

**【译文】**本来时俗便是趋炎附势，又怎能固守原则无变化。看椒兰也不过如此这般，更何况揭车与江离？只有这玉佩难能可贵，而其美质遭人唾弃以至如此田地。我的香囊芬芳并未减损，馨香至今沁人心肺。只能调整自我以求欢愉，姑且流浪观览寻找知己。趁我正值年富力强，巡行四方上下游历。

灵氛既告余以吉占兮，历吉日乎吾将行。折琼枝以为羞兮[①]，精琼爢以为粻[②]。为余驾飞龙兮，杂瑶象以为车[③]。何离心之可同兮，吾将远逝以自疏[4]。邅吾道夫昆仑兮[5]，路修远以周流。扬云霓之晻蔼兮[6]，鸣玉鸾之啾啾[7]。朝发轫于天津兮[8]，夕余至乎西极[9]。

【注释】①羞：同“馐”，美味。

②精：精细制作，去杂取纯。琼靡（mí）：玉屑，玉粒。粻（zhāng）：干粮。

③瑶象：瑶，美玉，一说是似玉的美石头。瑶象就是珠玉象牙。

④自疏：自我疏离，即离开楚国远行。

⑤邅（zhān）：调转，转向。

⑥晻蔼（ǎn ǎi）：遮天蔽日。

⑦鸾：通“銮”，马铃。啾啾：形容铃声如鸟鸣。

⑧天津：天河渡口。

⑨西极：最为辽远的西疆，传说为日落之处。

【译文】灵氛告诉我吉祥的卦辞，选好良辰吉日我将去往远方。攀折琼枝当做佳肴美味，将碧玉捣碎作为点心干粮。为我驾起奔腾的龙车，车身缀饰珠玉象牙。如何能跟异心人一地相处，我便远游离开故土。调转车头我去往昆仑，路途遥远我四方巡行。云霓如彩旗遮天飘扬，玉制的车铃清鸣作响。早上由天河渡口出发，晚上到达日落的西方。

凤皇翼其承旂兮[1]，高翱翔之翼翼。忽吾行此流沙兮，遵赤水而容与[2]。麾蛟龙使梁津兮[3]，诏西皇使涉予[4]。路修远以多艰兮，腾众车使径侍[5]。路不周以左转兮[6]，指西海以为期[7]。屯余车其千乘兮[8]，齐玉轪而并驰[9]。

**【注释】**①翼：形容凤旗庄重严整的样子。承旂（qí）：承，相接，相连。旂，竿头系铃，绘有双龙缠斗图样的旗。承旂指凤旗与龙旗随风飘展，交互掩映。

②遵：沿着。赤水：神话传说中的水名。容与：徘徊。

③麾：指使。梁津：梁，桥梁，这里作动词用。梁津就是在渡口搭桥。

④诏：告诉，这里有命令的意思。西皇：西方之神，传说为少皞。一指蓐收。少皞为西天之皇，蓐收为西天之神使。

⑤腾：传言，告诉。径待：径直侍候。一说是在路边侍候。

⑥不周：古代神话传说中的山名，位于昆仑山西北。

⑦西海：古代神话传说中西部大湖名。期（jí）：目的地。

⑧乘（shèng）：四马驾一车称乘。

⑨轪（dài）：车辖，即车轮与车轴固定在一起的插栓。一说是楚地方言，车轮的别名。

**【译文】**凤旗龙旗连绵不断，高高扬起随风飘展。转眼间我来到流沙之地，沿赤水岸边徘徊不前。指挥蛟龙在渡口搭起浮桥，请少皞帮我涉险过关。路途遥远艰险重重，传令众车一路身边服侍。翻过不周山再向左转弯，浩渺的西海是到达的地点。聚集千辆车列队，玉制的车轮并驾齐驱。

驾八龙之婉婉兮①，载云旗之委蛇②。抑志而弭节兮③，神高驰之邈邈④。奏《九歌》而舞《韶》兮⑤，聊假日以媮乐⑥。陟升皇之赫戏兮⑦，忽临睨夫旧乡。仆夫悲余马怀兮⑧，蜷局顾而不行⑨。

**【注释】**①婉婉：曲折蜿蜒。

②委蛇（yí）：形容车旗迎风飘舞的样子。

③抑志：按压或安定心态。弭（mǐ）节：弭，止。节，车行的节度。弭节就是停车。

④邈邈：高远的样子。

⑤《韶》：相传为夏启时的乐舞。

⑥假日：假以时日。媮（yú）：一作“愉”解，愉悦。一作“偷”解，苟且。

⑦陟（zhì）：上升，与“降”相对。皇：天。赫戏：辉煌隆盛貌。

⑧仆夫：为作者驾车的人。怀：眷恋，思念。

⑨蜷（quán）局：徘徊不前，卷曲不伸。

**【译文】**驾着八匹龙马蜿蜒飞腾，车上的云旗迎风飞舞。气定神闲缓慢前行，神思飞扬心向高远。弹起《九歌》，舞起《韶》曲，及时行乐，就在这广阔云天。刚登上那灿烂天国，俯首却见故土家园。仆从悲伤，马儿怀恋，徘徊不已，不肯向前。

乱曰[①]：已矣哉，国无人莫我知兮，又何怀乎故都？既莫足与为美政兮，吾将从彭咸之所居。

**【注释】**①乱：楚辞篇末结束全篇的标志称为“乱”，与结束曲，尾声相似。辞赋最后有“乱”辞作为一篇的总结。

**【译文】**尾声：算了吧，这国中没有那样的贤士，对我知根了解，我何必对故国苦苦眷恋？既然无人与我一起致力于政治革新，那我便独自启程追随彭咸。

# 九 歌

**【题解】**《九歌》之名来源于夏代，原为汉族神话传说中的一种远古歌曲的名称。屈原以汉族民间祭神乐歌为基础，进行加工、润色、改编及重新创作，形成一组楚人祭神娱神的乐舞歌词。《九歌》共计十一篇，包括《东皇太一》《云中君》《湘君》《湘夫人》《大司命》《少司命》《东君》《河伯》《山鬼》《国殇》《礼魂》，除了《礼魂》之外，其余十篇每一篇都祭祀一个神。其中，《东皇太一》《云中君》《大司命》《少司命》《东君》祭祀的是天上的神；《湘君》《湘夫人》《河伯》《山鬼》祭祀的是地上的神；《国殇》则祭祀的是为国牺牲的人。《礼魂》是送魂曲，表明祭礼的结束。

王逸认为《九歌》是在屈原放逐江南时所作的，但现代研究者多认为其作于放逐之前，仅供祭祀之用。《九歌》有浓郁的民歌色彩，同时也有极高的艺术水准。它不仅反映了楚地人民对于神祇的敬畏，以及对幸福生活、美好爱情的期待，同时还融入了屈原对人生的感悟喟叹，还有他的一片拳拳爱国情，颇有感人的力量。

# 东皇太一

**【题解】**《东皇太一》是祭祀最高天神的乐歌，位于《九歌》之首，被称为是迎神曲。“皇”是天神的尊称，楚人将神祠立于东方，所以称为“东皇”。“太一”是一个抽象的哲学概念，可能指形成天地万物的元气，也可能是指老庄思想中所谓的“道”的概念，还可能是在说神道的广大无边。将“太一”看成是天神并加以祭祀，最早就见于《九歌》，所以祭祀“太一”可能是楚国特有的风俗。全诗对于东皇太一的形象并没有过多描写，通篇都渲染了祭神的热烈场面，让人不由心生肃穆敬畏之情，以此来表现对东皇太一的虔诚与祝颂。

吉日兮辰良①，穆将愉兮上皇②。抚长剑兮玉珥③，璆锵鸣兮琳琅④。瑶席兮玉瑱⑤，盍将把兮琼芳⑥。蕙肴蒸兮兰藉⑦，奠桂酒兮椒浆⑧。

**【注释】**①辰良：“良辰”的倒文，押韵之用。意为好时光。

②穆：恭敬。愉：娱乐。上皇：天帝，指东皇太一。

③珥（ěr）：即剑珥，剑鞘出口旁像两耳的突出部分，又叫剑鼻。

④璆（qiú）：美玉。锵（qiāng）：金属发出的音响。琳琅：美玉名。

⑤瑶席：瑶，美玉。席，这里为呈现美玉的供案。瑶席就是装饰华美的供案。玉瑱（zhèn）：瑱，通“镇”。玉器。

⑥盍（hé）：通“合”，会集。琼芳：琼，本为美玉的意思，引申为美好。美好的芳香植物。

⑦蕙肴：与“桂酒”相对，就是用蕙草包裹住的佳肴。蒸：姜亮夫《屈

原赋校注》认为，蒸应为“荐”，即进献的意思。应该置于“蕙肴”的前面，“蒸蕙肴兮兰藉”，与下句“莫桂酒兮椒浆”结构对称。兰藉：兰，香草。藉，古时祭礼朝聘时陈列礼品用的草垫。兰藉就是垫在祭食之下的兰草。

⑧桂酒：用桂花炮制的酒。椒浆：用椒炮制的酒浆。

**【译文】**吉祥的时日啊美好时光，恭敬地取悦上天帝皇。手抚的长剑有玉石为珥，身上的玉佩锵锵作响。献祭的供案上摆着玉瑱，美好芳香的植物会集神位之旁。蕙草包裹着祭品放在兰草之上，敬献上桂椒泡制的酒浆。

扬枹兮拊鼓①。疏缓节兮安歌，陈竽瑟兮浩倡②。灵偃蹇兮姣服③，芳菲菲兮满堂。五音纷兮繁会④，君欣欣兮乐康⑤。

**【注释】**①枹（fú）：击鼓槌。拊（fǔ）：轻轻敲打。

②竽（yú）瑟：古代乐器。竽是古代吹奏乐器，是笙类中较大的乐器，为管乐，有三十六簧。瑟是古代弹拨乐器，为琴类，弦乐器，形制有颇多异说。浩倡：声势浩大。倡，一作“唱”。

③灵：代表神的巫者。偃蹇（yǎn jiǎn）：形容巫师优美的舞蹈姿态。一说为美好众多的样子。

④五音：宫、商、角、徵、羽五种音律。繁会：音调繁杂，交汇在一起。

⑤君：指东皇太一。

**【译文】**举起鼓槌轻轻敲打，轻歌曼舞舒缓安闲，竽瑟齐鸣声势浩荡。巫师翩翩起舞，姿态优美。祭殿芳香馥郁，令人心旷。乐声纷繁，音律交响，天地喜悦，欢心安康。

# 云中君

**【题解】**《云中君》所祭祀的神，王逸《楚辞章句》题解认为“云神丰隆也。一曰屏翳”。姜亮夫《屈原赋校注》则认为：“《云中》在《东君》之后，与东君配，亦如大司命配少司命，湘君配湘夫人，则云中君月神也。”而黄震云《楚辞通论》则认为，云中君是“雷电之神”。

《云中君》描述了祭祀的全过程，从不同角度叙说了“云中君”的特征，表现出人们对于云中君的期盼、思念与敬畏，对于云、雨的渴望。

**浴兰汤兮沐芳①，华采衣兮若英。灵连蜷兮既留②，烂昭昭兮未央③。謇将憺兮寿宫④，与日月兮齐光。龙驾兮虎服⑤，聊翱游兮周章。**

**【注释】**①浴：洗身体。兰汤：汤，就是洗浴用的热水。兰汤就是煮兰为汤。沐：洗头发。芳：白芷。

②灵：即云中君。连蜷（quán）：婉转蜷曲的样子，形容身姿矫健美好的样子。

③烂昭昭：昭昭，光明，明亮。指天色微明。未央：央，极，尽。未央就是未尽，未已。

④謇：发语词。憺（dàn）：安居。寿宫：供奉神的宫殿。

⑤龙驾：用龙拉的车。虎服：服，车右边所驾之物。驾着虎。

**【译文】**兰汤洗浴，芳水沐发，衣裳华美，绚丽如花。神灵身姿蹁跹令人流连，天色微明，夜还未尽。云中君住在那供神之宫，那里宛若日月同辉一般灯火通明。他乘着龙驾的车，一旁鞭策着虎，在空中回旋飞翔，周游盘桓。

灵皇皇兮即降①，猋远举兮云中②。览冀州兮有余③，横四海兮焉穷④。思夫君兮太息⑤，极劳心兮忡忡⑥。

**【注释】**①皇皇：同“煌煌”，指云中君下降时辉煌灿烂的样子。

②猋（biāo）：迅速前行。云中：常指传说中的仙境，这里指云中君原本居住的地方。

③冀州：古代中国划分为冀、兖、青、徐、扬、荆、豫、梁、雍九州，冀州是九州之首，常被用来代指中国。有余：还有其他的地方，这里指云中君的视野超出了中国。

④横：遍及。四海：中国以外的地方。焉穷：哪有穷尽。

⑤夫（fú）：与“此”相对，即“彼”。

⑥忡忡（chōng）：形容忧愁的样子。

**【译文】**神灵光明灿烂，盛明降临，忽而又疾入云霄，远远飞翔。俯瞰冀州一览无余，横越四海，直至宇外八荒。长声叹息，如此思念神君，每日忧心百转，以至神思不安。

## 湘 君

**【题解】**明代汪瑗《楚辞集解》中提到：“湘君者，盖泛谓湘水之神。湘夫人者，湘君之夫人，俱元所指其人也。”相传帝尧之女娥皇、女英是舜帝的两个妃子，舜巡视南方，两个妃子并没有跟着一起去。后来她们到南方寻找舜时，才听闻他已经崩于苍梧的消息，两个妃子便自投湘水而死，成为湘水之神。这一传说长期流传，逐渐演变成了舜为湘水之男神，二妃为湘水之女神，也就是湘君与湘夫人。《湘君》描绘的是湘君与湘夫人相约而不得相见的遗憾，描写了湘夫人期盼湘君来约会而未见的惆怅心情。

君不行兮夷犹[①]，蹇谁留兮中洲[②]？美要眇兮宜修[③]，沛吾乘兮桂舟[④]。令沅湘兮无波[⑤]，使江水兮安流[⑥]！望夫君兮未来[⑦]，吹参差兮谁思[⑧]！

**【注释】**①君：指湘夫人。一说指湘君。行：动身前往，即赴湘君之约。夷犹：犹豫，迟疑不前。

②谁留：为谁而留。中洲：洲，指水中陆地。

③要眇（miǎo）：形容姿态美好。宜修：修饰合宜。

④沛：形容迅疾的样子。桂舟：用桂木造的船，后来也用作对舟船的美称。

⑤沅湘：沅水和湘水，均流经湖南省，湘水是湖南省最大的河流，沅水是第二大河流。

⑥江水：指长江。一说为沅湘之流水。

⑦夫（fú）君：彼君，这里指湘夫人。

⑧参差（cēn cī）：洞箫的别名。谁思：谁会知道。

**【译文】**你犹豫不决终未赴约前行，是为谁驻留所住水洲？我将美好姿态修饰合宜，乘上轻快桂舟只在这里守候。我让沅水湘水不要掀起波浪，只让那江水缓缓前流！翘首盼望还是未见你的身影，只有吹起排箫，排解无人能知的哀伤之心。

驾飞龙兮北征[①]，邅吾道兮洞庭[②]。薜荔柏兮蕙绸[③]，荪桡兮兰旌[4]。望涔阳兮极浦[5]，横大江兮扬灵[6]。

**【注释】**①飞龙：即“桂舟”，以龙引舟（或舟的样子似龙，舟行如龙飞），所以称为“飞龙”。

②邅（zhān）：回转，绕道。

③薜荔柏：薜荔，一种植物。柏，通“箔”，帘子，船屋门窗上挂着的帘子。薜荔柏就是用薜荔编织的帘子。蕙绸：绸，通“帱”，即床帐。以蕙草编织而成的帷帐。

④荪桡（sūn ráo）：被荪草缠绕的船桨。兰旌（jīng）：旌，古代用牦牛尾或兼五彩羽毛装饰杆头的旗子。兰旌，就是以兰草为旌旗。

⑤涔（cén）阳：即涔阳浦，位于今湖南省涔水北岸，澧县附近，地处洞庭湖西北岸与长江之间。一说位于郢都附近。极浦：遥远的水滨。

⑥扬灵：灵，通“fe”，一种有舱有窗的船。扬灵就是划船前进的意思。

**【译文】**驾着龙船直向北行，折转路线取道洞庭，薜荔做帘，蕙草为帐，船桨缠绕荪草，竖兰草为旌旗。远远望见涔阳就在那遥远的水滨，继续横渡大江划船前进。

扬灵兮未极，女婵媛兮为余太息[1]。横流涕兮潺湲[2]，隐思君兮陫侧[3]。桂棹兮兰枻[4]，斫冰兮积雪[5]。采薜荔兮水中，搴芙蓉兮木末[6]。心不同兮媒劳，恩不甚兮轻绝！石濑兮浅浅[7]，飞龙兮翩翩。交不忠兮怨长，期不信兮告余以不闲。

**【注释】**①女：湘夫人的侍女。婵媛（chán yuán）：忧愁悲怨。

②潺湲（chán yuán）：形容流淌的样子。

③隐：忧痛。陫（fěi）侧：即“悱恻”，悲痛。

④桂棹（zhào）：棹，船桨。桂木做的船桨。兰枻（yì）：兰木做的船舷。

⑤斫（zhuó）冰：在激流中行船，波浪翻滚，水花四溅的景象。积雪：比喻浪花翻腾，清澈洁白的样子。

⑥“采薜荔”以下两句：比喻采择非于其地，枉劳无益。薜荔，缘树而生的香草。搴（qiān），拔取，采取。芙蓉，荷花。木末，树梢。

⑦石濑（lài）：沙石之间的浅水滩。浅浅（jiān）：水流得很快的样子。

**【译文】**我驱舟前行却未能与你相遇，你身边的侍女也忧愁悲怨，忍不住为我长长叹息。眼泪奔泻而出滚滚纵横，对你的思念如此悲伤痛苦。桂木为桨，木兰为舷，劈波斩浪，水花飞溅。就好像在水中去采薜荔，上到树梢去摘荷花。两人心意不相同，即便媒人说合也毫无意义，恩情不深便会轻易弃绝！浅水滩上水流迅速，我的龙船在水上飞快前行。两人交往若是不能交心忠诚，难免会有绵长怨恨，约期相会分明不守信用，怎能告知我没有余闲。

鼂骋骛兮江皋①，夕弭节兮北渚②。鸟次兮屋上③，水周兮堂下④。捐余玦兮江中⑤，遗余佩兮醴浦⑥。采芳洲兮杜若⑦，将以遗兮下女⑧。时不可兮再得，聊逍遥兮容与⑨。

**【注释】**①鼂（zhāo）：通“朝”，早晨。骋骛（wù）：疾驰，奔腾。这里指行船。江皋：江岸。

②弭（mǐ）节：停船。北渚：洞庭湖北岸的小洲。

③次：止宿，留宿超过两天。屋上：迎神用的屋子。

④堂：坛，一种方形土台。这里指祭台。

⑤捐：舍弃。玦（jué）：半环形有缺口的佩玉，古代常用以赠人表示决

绝。

⑥醴（lǐ）浦：醴通“澧”，水名，为今湖南省境内流入洞庭湖的大河。醴浦，就是澧水之滨。

⑦杜若：香草名，又叫山姜，古人谓服之“令人不忘”。

⑧遗（wèi）：赠送。下女：指湘夫人的侍女。

⑨逍遥：徜徉，缓步行走的样子。容与：与逍遥的意思相近。

**【译文】**早晨行船到江岸高地，傍晚停船于北岸小洲。鸟儿栖息在屋顶之上，水流在祭坛之下环绕盘旋。我将玉玦投入江水之中，将玉佩丢在澧水之滨。采杜若于芳草丛生的水洲，想将它送给陪侍的侍女。时间一去再无复返，暂且放慢脚步，将忧愁排遣。

## 湘夫人

**【题解】**《湘夫人》是《湘君》的姊妹篇，并依照《湘君》的体制进行了平行对称的表述，将湘夫人对湘君的同样思念但却终不能如愿的惆怅哀怨娓娓道来，同样情感动人。全诗依次展开湘夫人的情感，不得相见的忧愁，思念却不敢吐露的矛盾，对与湘君会面的景象的想象，终不得见的伤怀。《湘君》与《湘夫人》都描写了对对方的思念期待，以及等候直至失望的情绪，但尽管情绪如此变化，却也同时表现出对爱情始终不渝的忠贞。

帝子降兮北渚[①]，目眇眇兮愁予[②]。嫋嫋兮秋风[③]，洞庭波兮木叶下。白薠兮骋望[④]，与佳期兮夕张[⑤]。鸟萃兮蘋中[⑥]，罾何为兮木上[⑦]。

**【注释】**①帝子：指湘夫人。上古“子”既可以称呼儿子也可以称呼女儿，舜的妃子为帝尧之子，所以称帝子。北渚：指靠近洞庭湖北岸的小洲。

②眇眇（miǎo）：望眼欲穿的样子。愁予：予，通“忬（xū）”。忧愁的意思。

③嫋嫋（niǎo）：又作“袅袅”，原本意思为柔弱曼长的样子，这里指微风徐徐吹拂的样子。

④白薠（fán）：一种水草。骋望：放眼远望。

⑤与（yù）：古多训“为”。佳期：男女约会的日期。张：陈设，布置。

⑥萃：聚集，汇集。蘋（pín）：多年生草本，生于浅水之中。

⑦罾（zēng）：用木棍或竹竿做支架的方形渔网，样子类似于伞。

**【译文】**美丽的湘夫人将要降尊北岸小洲，远望湘君身影，内心悲痛忧愁。萧瑟的秋风徐徐吹拂，洞庭湖波浪翻涌树叶飘旋。在白薠丛中放眼远望，为了美好的约会早已准备停当。但鸟儿怎会聚集在水草之间，为何渔网会悬挂在树梢之上。

沅有茝兮醴有兰①，思公子兮未敢言②。荒忽兮远望，观流水兮潺湲③。麋何食兮庭中④？蛟何为兮水裔⑤？朝驰余马兮江皋，夕济兮西澨⑥。闻佳人兮召予⑦，将腾驾兮偕逝⑧。

**【注释】**①茝（zhǐ）：香草名，即白芷。

②公子：指湘君。未敢言：不敢说出来，指蕴藏在内心的深情无法吐露。

③潺湲（chán yuán）：水缓缓流淌的样子。

④麋（mí）：即麋鹿。

⑤蛟：古代传说中的一种龙。水裔：水边。

⑥澨（shì）：水滨。

⑦佳人：爱人，即湘君。

⑧腾驾：腾，传。传车马疾驰飞奔。偕（xié）逝：一同前往。

**【译文】**沅水生有白芷，澧水长有兰草，思念着湘君却不敢言语。放眼展望，一片空旷苍茫，只见得流水缓缓流淌。为何麋鹿吃草于庭堂？为何蛟龙在水边搁浅？晨起我骑马在江边奔驰，到了傍晚我渡过西边水滨。若是听到爱人对我的呼唤，便会疾驰飞奔与他一同向前。

筑室兮水中①，葺之兮荷盖②。荪壁兮紫坛③，猋芳椒兮成堂④。桂栋兮兰橑⑤，辛夷楣兮药房⑥，罔薜荔兮为帷⑦，擗蕙櫋兮既张⑧。

**【注释】**①室：古代称堂后为室。

②葺（qì）：用茅草覆盖房屋，也泛指覆盖。

③荪壁：以荪草装饰墙壁。紫坛：紫，紫贝的简称，水产的宝物。紫坛就是用紫贝砌成的中庭的地面，取其坚滑而有光彩。

④猋芳椒兮成堂：猋，“播”的古字，应为“匊”字的形误，即后世的“掬”字。芳椒，植物名。堂，一种方形土台，这里指祀神之殿堂中的祭坛。这一句的意思就是，两手掬起椒泥以涂草室。

⑤桂栋：栋，房屋正中最高的大梁。桂栋就是桂木做的梁栋。兰橑（lǎo）：橑，搭在栋旁的木条，用以承载瓦的重量。兰橑就是用木兰做的椽子。

⑥辛夷楣（méi）：辛夷，一种落叶乔木，高数丈，有香气。今多以辛夷为木兰的别称。楣，房屋的次梁。辛夷楣就是用辛夷做的房屋的次梁。药房：药，就是白芷。房，古人称堂后曰室，室之两旁曰房。药房就是以白芷装

饰房。

⑦罔：同“网”，绳索交叉编结而成的渔猎用具。这里可解释为“编结”。帷：以丝帛制作的环绕四周的遮蔽物。泛指起间隔、遮蔽作用的悬垂的丝帛制品。

⑧擗（pì）：分开，裂开。蕙櫋（mián）：櫋，隔扇。蕙草做的隔扇。

**【译文】**在水中筑建一座别致的宫室，用荷叶来做房顶。用荪草装饰墙壁，用紫贝装饰中庭，祭坛上则用芳椒和泥来涂满。以桂木为栋梁，以兰木来做椽，以玉兰为次梁，白芷装饰在侧房。编织薜荔做帷帐，以蕙草做成隔扇放置停当。

白玉兮为镇①，疏石兰兮为芳②。芷葺兮荷屋③，缭之兮杜衡④。合百草兮实庭，建芳馨兮庑门⑤。九嶷缤兮并迎⑥，灵之来兮如云⑦。

**【注释】**①镇：用重物压在上面，也指压东西的用具。

②疏：放置。石兰：蔓延于山石上的一种香草，叶如苇而柔韧，也称石苇。芳：闻一多《楚辞校补》疑为“防”之误。《本草》：“防风，一曰屏风。”“防”与“屏”音近。上句说“白玉”压席，这一句便说以石兰为床头的屏风。

③芷葺：葺，指加盖。以白芷覆盖的屋顶。

④杜衡：即杜若。

⑤芳馨：犹芳香，也借指香草。庑（wǔ）：堂下周围的走廊、廊屋。

⑥九嶷（yí）：位于湖南宁远南的山，这里借指九嶷山诸神。并：共同，一起。

⑦灵：指扮神的女巫。如云：形容盛多。

**【译文】**用白玉做镇压住睡席，放下石兰作为床前屏风。白芷加盖，荷叶为屋，周围环绕满是杜衡。汇集香草装饰庭堂，芳香四溢充满厅廊。九嶷山神纷纷来恭贺，众神灵降临齐集如云。

捐余袂兮江中①，遗余褋兮澧浦②。搴汀州兮杜若③，将以遗兮远者④。时不可兮骤得，聊逍遥兮容与！

**【注释】**①袂（mèi）：衣袖。

②褋（dié）：禅衣，即无里之衣，指贴身穿的汗衫一类的衣服。

③搴（qiān）：采摘，折取。汀（tīng）：水之平，引申为水边平地，小洲。

④远者：指湘君。

**【译文】**将衣袖丢进江水之中，将禅衣扔向澧水之滨。在水边小洲上采摘杜若，准备真的相见时送给远方的爱人。美好的时光不易碰到，只有暂且漫步，独自排遣忧伤！

## 大司命

**【题解】**《大司命》是一首迎送大司命的乐歌。司命，就是掌握人的寿夭之神。王夫之《楚辞通释》中就讲："大司命统司人之生死，而少司命则司人子嗣之有无。"乐歌中描绘大司命威严、神秘，以及忠于职守，将他督查人的善恶、掌握生杀大权的形象描绘得形神毕肖。这首乐歌不仅准确写出了大司命的特点，也反映出当时人们对大司命神的敬畏之情，同时也表现出当时人们对个人的生死命运与其善恶修为关系的认识。

广开兮天门，纷吾乘兮玄云①。令飘风兮先驱②，使涷雨兮洒尘③。君迴翔兮以下④，逾空桑兮从女⑤。纷总总兮九州⑥，何寿夭兮在予！高飞兮安翔，乘清气兮御阴阳⑦。吾与君兮斋速⑧，导帝之兮九坑⑨。

**【注释】**①吾：我，大司命的自称。玄云：黑云，浓云，一说为青云。

②飘风：旋风，暴风。

③涷（dōng）雨：暴雨。洒尘：指洒水洗尘，就是清洗道路。

④君：指大司命。迴翔：盘旋飞翔。

⑤空桑：传说中的山名，出产琴瑟之材。女（rǔ）：通“汝”，你，这里应该指众巫。

⑥九州：古代中国分为九州，这里泛指天下。

⑦阴阳：我国古代哲学思想中两个相对的基本概念，以表示一切对立的事物。

⑧吾：主祭者的自称。斋：郭在贻《楚辞解诂》认为，这是“齐”字之讹，及谨畏虔诚的样子。

⑨帝：天帝。之：往，至。九坑：坑，山脊。九州之山。

**【译文】**快将那天门大大打开，我要自此出发，一路踩踏青云。旋风在我之前开路，暴雨阵阵为我清洗一路灰尘。您在上天盘旋飞翔降临下界，越过空桑之山，来到众巫之间。九州众民纷纷总总，他们的生老命死全都由我掌控。大司命高高飞起，在天空从容翱翔，驾乘清明志气，主宰生死阴阳。我恭敬虔诚做您的向导，迎接您来到这天地创造的九州之城。

灵衣兮被被[①]，玉佩兮陆离[②]。壹阴兮壹阳[③]，众莫知兮余所为[④]。折疏麻兮瑶华[⑤]，将以遗兮离居[⑥]。老冉冉兮既极，不寖近兮愈疏[⑦]。

**【注释】**①灵衣：神灵的衣服。被被（pī）：长大貌。

②玉佩：古人佩挂的玉制装饰品。

③壹阴兮壹阳：阴代表死亡，阳代表生存。这就是指大司命可以执掌生死的意思。

④众：指一般世俗的人。

⑤疏麻：传说中的神麻，经常被折来以表示赠别。瑶华：神麻的花朵。

⑥离居：巫称即将离去的大司命。

⑦寖（jìn）：逐渐。

**【译文】**神灵之衣缓缓飘动，佩戴的玉饰错综绚烂。生存还是死亡，世间之人哪里知道全都有我来掌握。我折取神麻，看那花朵如白玉一样，准备将其送给即将离去的神灵。人生渐老会慢慢步入迟暮，若是再不亲近神灵，便会日益疏远。

乘龙兮辚辚[①]，高驼兮冲天[②]。结桂枝兮延伫[③]，羌愈思兮愁人[④]。愁人兮奈何，愿若今兮无亏。固人命兮有当，孰离合兮可为[⑤]？

**【注释】**①乘龙：乘坐用龙驾驶的车。辚辚（lín）：车行的声音。

②驼：同“驰”，飞驰。

③延伫（zhù）：延，长久。长久站立。

④羌：句首发语词。

⑤“固人命”以下两句：指人的生命以及悲欢离合都被神操纵在手中，所以只有安于现状来求得神的眷顾。这是神巫祭祀大司命之后的感叹之词。固，乃。人命，人的生命、命运。有当，有定数。离合，分离与团聚，这里指人与神的离合。为，做。

**【译文】**大司命驾乘龙车，车轮滚滚辚辚前行，飞腾而起直入云天。我手拿编制好的桂枝在原地久久伫立，越来越思念他而心愁百结。如此又能怎样呢？宁可保持现状而没有缺损。人的生死本来就各有定数，人神离合谁又能主宰操纵？

## 少司命

**【题解】**少司命主宰人的恋爱及子嗣延续，为凡间送子并保佑其平安，是一位温柔多情、令凡人思慕、爱戴的女神。《少司命》便是为其所做的祭歌。其中有关于爱情的描写，普遍认为这是人神的爱恋，是全篇最为吸引人的地方。从篇章的安排上来看，明显可见降神、娱神、颂神、送神的祭祀全过程。

秋兰兮麋芜①，罗生兮堂下②。绿叶兮素枝③，芳菲菲兮袭予④。夫人自有兮美子⑤，荪何以兮愁苦⑥！秋兰兮青青⑦，绿叶兮紫茎。满堂兮美人⑧，忽独与余兮目成⑨。入不言兮出不辞，乘回风兮载云旗。悲莫悲兮生别离，乐莫乐兮新相知。

**【注释】**①麋芜：香草名。麋，通“蘼”，芎䓖（xiōng qiōng）幼苗的别称。

②堂下：厅堂阶下，这里指祭堂之下。

③素枝："枝"应作"华"，即素华，也就是白色的花。

④予：我，是群巫的自称。

⑤夫（fú）：那。美子：对他人子女的美称。子，子女。

⑥荪：香草名，这里是对少司命的美称。

⑦青青：通"菁菁（jīng）"，草木茂盛的样子。

⑧美人：与"美子"相对应，指美好出众的人。这里应该是用参与祭祀的众巫来代指人间的女性。

⑨余：我，即少司命。目成：通过眉目传情来结成亲好。

**【译文】**幽香的秋兰，蘼芜的嫩芽，在厅堂台阶之下缠绕满布，分散生长。碧绿的叶子映衬白色的小花，阵阵花香迎面沁染。世人本有美好的衷情儿女，您又为何忧虑担心，忧愁满怀？秋兰满屋青翠繁茂，绿叶之间衬着紫色花茎。厅堂之中有如此多迎神美人，她们唯独对我凝眸深情。悄悄降临而来，离别又总是不辞而行，凭借疾风，张扬开飘洒云旗。悲伤至极不过生生别离，最开心的事不过两心相印，成为知己。

荷衣兮蕙带，倏而来兮忽而逝[①]。夕宿兮帝郊，君谁须兮云之际[②]？与女游兮九河，冲风至兮水扬波[③]。与女沐兮咸池[④]，晞女发兮阳之阿[⑤]。望美人兮未来[⑥]，临风怳兮浩歌[⑦]。

**【注释】**①倏：迅疾。

②君：少司命。须：等待。

③"与女游"以下二句：疑为《河伯》中的句子，应该删去。

④女（rǔ）：通"汝"，你。沐：洗头发。咸池：神话中的天池，日浴之处。

⑤晞（xī）：干，晒干。阳之阿（ē）：阿，曲隅，屈曲偏僻之处。就是阳谷，即日出之地。

⑥美人：指少司命。

⑦怳（huǎng）：心神不定，失意的样子。浩歌：大声歌唱。

**【译文】**以荷花为衣，以蕙带围腰，来去迅速，转瞬即逝。日暮借宿于天国郊野，您在为谁等待，在这遥远的天际。我想与您一起在天河中畅游，但暴风来临在水中掀起巨浪。想要陪您在天池中清洗秀发，再到日出的地方将其晒干爽。不停张望，您却始终未回，我满心失意，伫立风中，为了解忧，忍不住歌唱。

孔盖兮翠旍[①]，登九天兮抚彗星[②]。竦长剑兮拥幼艾[③]，荪独宜兮为民正[④]。

**【注释】**①翠旍（jīng）：也作“翠旌”，用翡翠鸟的羽毛制成的旌旗。

②九天：古代传说天有九重，所以称为“九天”。九天也就是天极高处。彗星：一种绕太阳运行的，后曳长尾，呈云雾状的星体。

③竦（sǒng）：执，持。幼艾：泛指少男少女。

④荪独宜：即“独荪宜”。荪，对神的敬称。宜，合适，适宜。意思就是只有您才合适。民正：人民的命运主宰。

**【译文】**以孔雀羽为车盖，以翡翠羽为旌旗，登上高天，安抚彗星。手握长剑保护幼童，只有您才有资格主宰百姓的命运。

# 东 君

**【题解】**东君，是古代神话传说中的日神，本篇就是太阳神的祭歌。《东君》是中国文学史上第一支对太阳的礼赞之曲。本篇开篇与结尾，都是对日神的想象描述，中间部分描写的则是人间的祭祀行为。本篇赞颂太阳神普照万物、惩处邪恶、保佑众生，将人们对太阳神的感激与赞颂之情展露无遗。

暾将出兮东方①，照吾槛兮扶桑②。抚余马兮安驱③，夜皎皎兮既明④。驾龙辀兮乘雷⑤，载云旗兮委蛇⑥。长太息兮将上⑦，心低佪兮顾怀。羌声色兮娱人⑧，观者憺兮忘归⑨。

**【注释】**①暾（tūn）：形容旭日初升的样子，也可指代太阳。

②吾：主祭者自称。槛（jiàn）：栏杆。扶桑：神话中的树名。传说日出于扶桑之下，拂其树杪而升，所以称为日出之处，这里也可代指太阳。

③余：主祭者的自称，这里是其代神立言。

④皎皎（jiǎo）：同“皎皎”，形容明亮的样子。

⑤龙辀（zhōu）：就是龙驾的车。辀，车辕，这里代指车。乘雷：指车声隆隆好像打雷。

⑥委蛇（yí）：指绵延屈曲的样子。

⑦太息：长声叹息，这里为将日神拟人化来描写。

⑧羌：楚国方言，发语词。声色：指日出时的奇景。

⑨憺（dàn）：安乐。

**【译文】**温暖明亮的太阳即将跳出东方，光芒自扶桑照耀到我门前的栏杆上。轻拍胯下的马儿缓步慢行，夜色渐渐隐退，微露曙光。驾龙车，声如雷，云彩为旗，飘动舒卷。我长声叹息，即将升天，却又犹豫迟疑，眷恋故居。日出景象光辉灿烂，令人欣喜，令观者流连忘返，纷纷入迷。

緪瑟兮交鼓①，箫钟兮瑶簴②。鸣鯱兮吹竽③，思灵保兮贤姱④。翾飞兮翠曾⑤，展诗兮会舞⑥。应律兮合节，灵之来兮蔽日⑦。

**【注释】**①緪（gēng）瑟：緪，原指粗绳索，这里引申为绷紧、急促的意思。就是张紧瑟上的弦的意思。交鼓：古人将鼓悬于架上，多两人对击，所以称为交鼓。

②箫：原指一种竹制管乐器，这里意为敲击。钟：古代乐器，青铜制造，悬挂于架上，以槌叩击发声。在祭祀、宴飨时敲击使用，战斗中也可以用来指挥进退。瑶：应为"摇"，使之动摇。簴（jù）：通"虡"，悬挂钟磬的木架两侧的立柱。

③鯱：通"篪（chí）"，一本即作"篪"，古代管乐器的一种。竽：古代竹制簧管乐器，与笙相似但略大。

④灵保：神巫。贤姱（kuā）：既贤又美。

⑤翾（xuān）飞：飞翔。翠：鸟名。一说"翠曾"应为"卒翩"，迅速高飞的样子。曾（zēng）：通"翩"，举起翅膀，飞举。

⑥展诗：赋呈或吟唱诗歌。会舞：指合舞，群舞。一说指歌声舞节相互配合。

⑦灵：指其他神灵。蔽日：遮蔽日光，就是说侍从非常多。

**【译文】**绷紧瑟弦，对敲乐鼓，敲击铜钟，震动钟架。吹响横篪，吹奏竽笙，思念神灵，他如此贤美。飞翔而下如翠鸟展翅高举，人神同唱诗歌，一齐舞蹈。歌舞旋律和谐，节奏整齐，神灵纷纷前来，以至遮天蔽日。

青云衣兮白霓裳①，举长矢兮射天狼②。操余弧兮反沦降③，援北斗兮酌桂浆④。撰余辔兮高驼翔⑤，杳冥冥兮以东行⑥。

**【注释】**①白霓裳：以白霓为下装。

②矢：箭。天狼：星名，非常明亮的一颗恒星，属于大犬座，古以为主侵略。一说以天狼比喻秦国。

③余：东君的自称。弧（hú）：木弓，也为弓的通称。沦降：坠落，这里指日渐西下。

④北斗：即北斗七星，形状似舀酒的酒勺。酌（zhuó）：斟酒。桂浆：以桂制成的酒浆，意思为美酒。

⑤撰（zhuàn）：持，握。辔（pèi）：缰绳。高驼翔：驼，同"驰"。高驰飞翔。

⑥杳（yǎo）：幽深。冥冥（míng）：昏暗。

**【译文】**以青云做衣，以白霓做裳，举起手中长箭，射向天狼。手持木弓准备返回西方，高举北斗，畅饮桂酿酒浆。握紧手中缰绳，向上高高飞翔，穿越幽黑长夜，我将再次奔向东方。

## 河 伯

**【题解】**河，古时为黄河的代称，河伯就是黄河之神。"伯"字的含义，汪瑗《楚辞集解》认为："曰伯者，称美之词，如称湘君、东君之类，非如侯伯之伯、爵位等级之称也。”《河伯》主要描述祭巫在想象中与河神一起遨游九河，登昆仑，望极浦，入龙宫，游河渚，最后二者依依惜别的景象。

与女游兮九河[①]，冲风起兮横波。乘水车兮荷盖，驾两龙兮骖螭[②]。登昆仑兮四望[③]，心飞扬兮浩荡[④]。日将暮兮怅忘归[⑤]，惟极浦兮寤怀[⑥]。

**【注释】**①女（rǔ）：通“汝”，你。九河：黄河下游河道的总名。传说大禹治水时，至兖州，为了防止河水泛滥，将其分成“徒骇”、“太史”、“马颊”、“覆釜”、“胡苏”、“简”、“洁”、“钩磐”、“鬲津”九道。

②驾两龙：河伯用两条龙来为自己拉扯。骖（cān）：古人用四匹马驾车，辕内两匹为“服”，辕外为“骖”。这里用作动词，驾驭，乘。螭（chī）：古代传说中的无角龙。

③昆仑：古代神话传说中的山名。

④飞扬：心情舒展，思绪飘飞。浩荡：此处形容意绪放达，无拘无束。

⑤怅：姜亮夫《屈原赋校注》认为“怅”为“憺”字之讹，就是安乐的意思。

⑥惟：思念。极浦：遥远的水滨。寤（wù）怀：睡不着而心有思念，日夜想念。

**【译文】**和您一起遨游那九曲黄河，暴风突来洪波涌起。乘上水车以荷叶为车盖，两条神龙驾车，螭龙在侧。登上昆仑神山举目四望，内心被这壮阔的水势震撼激荡。太阳即将落山而惆怅忘归，我思念那遥远水滨，眷恋无常。

鱼鳞屋兮龙堂[①]，紫贝阙兮朱宫[②]，灵何为兮水中[③]？乘白鼋兮逐文鱼[④]。与女游兮河之渚[⑤]，流澌纷兮将来下[⑥]。子交手兮东行[⑦]，送美人兮南浦[⑧]。波滔滔兮来迎，鱼隣隣兮媵予[⑨]。

**【注释】**①鱼鳞屋：用鱼鳞造屋，取其光彩闪耀。龙堂：用龙鳞装饰之堂。

②紫贝阙：阙，宫门，城门两侧的高台，中间有道路，台上起楼观。紫贝阙就是用紫贝做宫门。朱宫：也作“珠宫”，意为以珍珠为宫殿，对应“贝阙”。

③灵：神灵，指河伯。

④鼋（yuán）：大鳖。文鱼：有花纹的鱼，即鲤鱼。

⑤渚（zhǔ）：小洲，水中的小块陆地。

⑥澌（sī）：解冻时流动的冰。纷：此处形容河水解冻时水势盛大。

⑦子：指河伯。交手：拱手，也就是告别的意思。

⑧美人：指河伯。浦：水边，河岸。

⑨隣隣（lín）：通“粼粼”，比次相连，形容众多。媵（yìng）：送别。予：我，主人公自称，似乎是指祭祀河伯的巫者。

**【译文】**以鱼鳞造屋，以龙纹饰堂，紫贝修饰宫门，珍珠做成宫殿，河伯您为什么还要停留在水中？驾乘白色大鼋，五彩鲤鱼跟随，我与您在那河中小洲尽情游玩，冰块纷纷解冻奔流向前。您拱手告别要远行东方，我送您至南水之滨。滔滔波浪奔涌来迎，鱼儿排队与我道别送行。

# 山 鬼

**【题解】**关于山鬼的形象历来说法众多，综合来看有三种：一是清代顾成天“山鬼即是巫山神女瑶姬”；二是洪兴祖、王夫之的“山鬼为山魈”之精怪说；三是明人汪瑗“山鬼即山神”说。本书认为山神说可信。《山鬼》共分为三部分，叙述山鬼与思慕的人相约却未见的哀怨之情。本篇祭祀了一位温柔多情但又心有遗恨的山中女性精灵，全篇都以山鬼约会过程中的心理为主线来刻画其本身，山鬼温柔婉丽，并不以神力凌驾于人，所以与其他法力无边而又威严逼人的神有极大区别。

若有人兮山之阿①，被薜荔兮带女罗②。既含睇兮又宜笑③，子慕予兮善窈窕④。乘赤豹兮从文狸⑤，辛夷车兮结桂旗。被石兰兮带杜衡⑥，折芳馨兮遗所思。

**【注释】**①阿（ē）：山的弯曲之处。

②被：同“披”。带：约束衣服用的狭长或扁平的物品，古时多用皮革、金玉、犀角或丝织物做成，这里用作动词。女罗：一种植物，即松萝。或说即菟丝。

③含睇（dì）：含情而视。睇，微微斜视。宜笑：适宜于笑，指笑时很美。

④子：山鬼对所思念之人的称呼。予：我，山鬼的自称。窈窕：娴静，美好的样子。

⑤赤豹：赤色皮毛，有黑色斑点的豹子。文狸：皮毛有花纹的狸猫。

⑥石兰：一种香草。杜衡：即杜若。

【译文】隐约看到有人在那深山拐弯之地，身披薜荔，松萝系在腰间。眉目含情，甜笑满面，您喜爱我，说我美好幽娴。我乘驾赤豹出行，后又花狸随从，乘坐辛夷木车，缠结桂枝为旗。身上披着石兰当衣服，将杜衡当成带子系在身前，折取芳香花草，送给我思慕的人。

余处幽篁兮终不见天[①]，路险难兮独后来。表独立兮山之上[②]，云容容兮而在下[③]。杳冥冥兮羌昼晦[④]，东风飘兮神灵雨。留灵修兮憺忘归[⑤]，岁既晏兮孰华予[⑥]。

【注释】①余：山鬼的自称。幽篁（huáng）：幽深的竹林。

②表：特殊，与众迥异。

③容容：云气浮动的样子。

④杳冥冥：阴暗。昼晦：白日光线昏暗。

⑤灵修：对爱人的尊称。憺（dàn）：安乐。

⑥晏：晚，迟。华予：华，使开花。让我如花开一般美丽。

【译文】我住在幽深的竹林，终日天日不明，道路艰险难走，故而我姗姗来迟。不见那思慕的人，我独自站在山巅，云雾在脚下飘荡舒卷。天色幽暗无光，白日也如黑夜，东风迅疾而过，雨神挥动雨落。想要挽留思慕的人，让他乐而忘归，否则若是我年华老去，谁能令我华容重现。

采三秀兮于山间[①]，石磊磊兮葛蔓蔓[②]。怨公子兮怅忘归[③]，君思我兮不得闲。山中人兮芳杜若[④]，饮石泉兮荫松柏[⑤]。君思我兮然疑作[⑥]，雷填填兮雨冥冥[⑦]，猨啾啾兮又夜鸣[⑧]。风飒飒西木萧萧[⑨]，思公子兮徒离忧。

**【注释】**①三秀：灵芝草的别名，灵芝一年开花三次，所以又称为三秀。

②磊磊：形容石头众多堆积的样子。葛：多年生草本植物，茎蔓生。蔓蔓：形容葛草蔓延的样子。

③公子：山鬼称所思念的人。怅：怨恨，失意。

④山中人：山鬼的自称。芳杜若：芬芳似杜若，比喻芳香高洁。

⑤荫松柏：以青松翠柏荫蔽，指所住之处的清幽。

⑥君：山鬼称呼爱人。然疑：然，肯定，相信，与“疑”相对。然疑就是将信将疑。作：兴起，发生。

⑦填填：形容雷声之大。冥冥：阴雨的样子。

⑧猨（yuán）：同“猿”，似猕猴。啾啾：鸟兽虫的鸣叫声。又：当做“狖（yòu）”，长尾猿。

⑨飒飒：风声。萧萧：草木摇落的声音。

**【译文】**为采摘灵芝，我走遍巫山，山上乱石堆攒，葛蔓纠缠。哀怨那思慕的人，我惆怅忘返，也许你也是思念我的，只不过没了空闲。我这山里人，如杜若一般芬芳，居住在松柏之下，渴饮山泉。你或许思念我，却又信疑参半，山中雷声响动，阴雨绵绵，猿声悲啼啾啾，长夜里呼声不断。山中阴风飒飒吹响，树叶萧萧而落，如此思念你啊，徒然令我惆怅无限。

## 国 殇

**【题解】**国殇，戴震《屈原赋音义》中解释：“国殇，死国事者。”死于国事，必定是死于祭祀或战争的人。所以这一篇《国殇》，就是楚人对为国牺牲的战士的祭歌。篇中从两军激烈交战的场面开始描绘，将楚国战士的英武纷纷刻画出来，对将士们的坚贞不屈的战斗精神与战死沙场的英魂唱出了一曲英雄礼赞，以此来激励民众，实现退敌保国的愿望。

操吴戈兮被犀甲①，车错毂兮短兵接②。旌蔽日兮敌若云，矢交坠兮士争先。凌余阵兮躐余行③，左骖殪兮右刃伤④。霾两轮兮絷四马⑤，援玉枹兮击鸣鼓⑥。天时坠兮威灵怒，严杀尽兮弃原野⑦。

**【注释】**①吴戈：戈，青铜制，古代主要兵器，有石戈、玉戈，多为礼仪用具或明器。吴戈为吴地所产的戈，也泛指精良的戈。一说指盾。被：同“披”，披挂，佩戴。犀甲：犀牛皮制的铠甲。但因犀牛皮并不常有，所以有时候也用牛皮，也成为犀甲。

②错毂（gǔ）：错，交错。毂，车轮的中心部位，周围与车辐的一端相连，中间有圆孔，用以插轴。错毂，就是轮毂交错的意思。短兵接：短兵相接。短兵，刀剑等短武器。

③躐（liè）：践踏。行（háng）：军队的行列。

④殪（yì）：死亡。刃伤：被刃所伤。一说伤者为左右的辕马。“刃”应为“服”。

⑤霾（mái）：遮掩，掩埋。絷（zhí）：拴住马足。

⑥援玉枹（fú）：古代以击鼓指挥军队进击。“枹”一作“桴”，鼓槌。

⑦严杀：残酷杀戮。

**【译文】**手持吴戈，身披犀甲，战车轮毂交错，刀光剑影厮杀。战旗遮天蔽日，敌人宛若黑云压，箭矢如流飞泄，勇士争先杀伐。敌军侵犯我阵地，我军队列冲乱遭践踏。战车左马已然阵亡，战车右服也已受伤挣扎。索性掩埋了那车轮，拴好这战马，挥动起鼓槌，敲响震天战鼓，催促队伍向前进发。天道沦丧，神灵发怒，勇士们纷纷阵亡，疆场原野遍地血花。

出不入兮往不反①，平原忽兮路超远②。带长剑兮挟秦弓③，首身离兮心不惩④。诚既勇兮又以武，终刚强兮不可凌。身既死兮神以灵⑤，子魂魄兮为鬼雄⑥。

**【注释】**①出不入：指壮士出征，决心以死报国，不打算再进国门，与“往不反”互文见义。反：同“返”，返回的意思。

②忽：恍惚不明的样子。

③挟（xié）：夹持。秦弓：秦地所产的良弓。秦地所产的木材非常坚韧，做出来的弓，其射程要比其他产地的弓远上许多。

④不惩：不畏惧。

⑤神以灵：精神成为神灵，指精神不死得到永生。

⑥子：对战士亡灵的尊称。鬼雄：鬼中英雄，用来称誉为国捐躯的人。

**【译文】**出征之处便未想着要旋踵生还，平野辽阔苍茫，路途遥远漫长。身佩长剑，臂下夹弓，即便身首异处，也无所畏惧，壮心犹在。将士们的精神英勇刚毅，武艺又如此超群盖世，始终刚强不屈服，不受敌人的凌辱与侵犯。虽然为国捐躯，但精神却不死永生，将士们的魂魄，也依然是鬼中的英雄。

## 礼 魂

**【题解】**《礼魂》是《九歌》的终曲，是送神曲，与第一首《东皇太一》相互呼应，本篇是宗教祭典结束的时候表示欢庆的特定仪式。诗中描述隆重热闹的场景，鼓声、人群、香花、歌舞，这些都组成了热烈隆重的送神仪式。篇中很多地方与《东皇太一》有所呼应，比如“会鼓”与“扬兮拊鼓”，还比如“传芭”与“灵偃蹇兮姣服”等等，可见关系紧密。

成礼兮会鼓①，传芭兮代舞②，姱女倡兮容与③。春兰兮秋菊④，长无绝兮终古。

**【注释】**①成礼：一说使礼完备；一说祭祀礼仪结束；一说“成”作“盛”，“成礼”意为盛大的仪式。这里指祭祀礼仪结束。会鼓：会，会合，聚集。众鼓齐鸣。

②传芭：芭，指香草。这里指舞者手拿香草，相互传递。代舞：更迭起舞。

③姱（kuā）女：美丽的女子。倡：领唱。

④春兰兮秋菊：春秋二季祭祀用的香花。

**【译文】**祭礼完结，众鼓齐鸣，香花互传，歌舞交杂。美丽的女子开声领唱，仪态闲舒从容。春祭奉献兰草，秋祀祭以晚菊，香火永传，万代相继。

# 天 问

**【题解】**《天问》是除了《离骚》之外，屈原的又一首重要长诗。题目“天问”，其中的“天”，姜亮夫《屈原赋校注》中认为，是可引为一切高远神异不可知之事的总称，而“问”则是《天问》的独特之处，所以《天问》就是对自然、人事一切不可知的疑问。诗人在其中提出了一百七十二个问题，涵盖天地万物、历史神话、政治哲学、伦理道德等各个方面，不仅体现了屈原渊博的知识涵养，也表现了他强烈的探求真理的愿望。

《天问》对历朝兴衰进行考察，在追问中同时又体现出屈原对于历史与楚国的复杂情绪，一面纵观历史兴衰，一面又强烈地表达出屈原对自我价值的追求，对理想愿望的渴求，以及对楚国及民族发展的担忧，对人生命运的忧虑。

曰：遂古之初①，谁传道之？上下未形②，何由考之？冥昭瞢暗③，谁能极之？冯翼惟像④，何以识之？明明暗暗⑤，惟时何为？阴阳三合⑥，何本何化？圜则九重⑦，孰营度之⑧？惟兹何功⑨，孰初作之？

**【注释】**①遂古：遂，通“邃”，遥远。遂古指远古。

②上下：指天地。未形：没有形成固定的样子。

③冥昭瞢（méng）暗：冥，昏暗。昭，明亮。瞢，昏暗模糊。指宇宙空间在天地未分时一片明暗混沌的状态。

④冯（píng）翼：元气充盈貌。一说无形貌。像：想象中的无形之像。

⑤明明暗暗：指一天分昼夜，所以有明有暗。

⑥三合：三同“参”，交融。《道德经》中有“道生一，一生二，二生三，三生万物”。

⑦圜：同“圆”，指天体。则：法度。九重：重，层。古时说天有九重，就是说天非常高的意思。

⑧营度：营，经营。度，度量。量度营造。

⑨兹：此，指天分九层。何功：何等的工程。

**【译文】**问道：远古初始之时，何人流传于世？天地尚未固定，由何得以产生？明暗不分一片混沌，谁能究其根本原因？元气充盈却无形之像，怎样识别认清？昼夜黑白终是分明，如此安排又为哪般？阴阳交融，万物衍生，何为本源？哪是化生？天体法度达到九重，又是谁来度量营造？如此浩大工程，谁又是最开始动作的那一人？

斡维焉系[①]？天极焉加[②]？八柱何当[③]？东南何亏？九天之际[④]，安放安属[⑤]？隅隈多有[⑥]，谁知其数？天何所沓[⑦]？十二焉分[⑧]？日月安属？列星安陈？

**【注释】**①斡（guǎn）：运转的枢纽。古人认为，天体的运行都是围绕一个枢纽轴心而行的。维：指系在轴上的绳索，这里指空间维度。

②天极：天的轴心的顶端。加：放置，安放。

③八柱：支持天宇的八根柱子。当：支撑。

④九天：天的四面八方。

⑤放：至。属（zhǔ）：连接。

⑥隅（yú）：角落。隈（wēi）：弯曲的地方。

⑦沓（tà）：合。

⑧十二：古人认为太阳与月亮在黄道每年相遇十二次，所以将黄道分为十二，以记录日月运行的轨迹，后人将其引申为与地的十二分野相对应。

**【译文】**天体运行的轴心维系在何处？天轴的顶部又放置在哪个地方？支持天宇的八根巨柱，又被安放在哪里？东南为何缺损不齐？天之中央，八方边界，又分别安置在哪里？天际角落诸多曲折，谁又知其确切数量？天宇大地如何汇合？十二黄道又是如何划分？日月天体如何附着于天而不坠落？众多星辰又如何排列井然而有序？

出自汤谷①，次于蒙汜②。自明及晦，所行几里？夜光何德③，死则又育④？厥利维何⑤，而顾菟在腹⑥？女岐无合⑦，夫焉取九子？伯强何处⑧？惠气安在⑨？

**【注释】**①汤（yáng）谷：或作“旸谷”，日出之处。

②次：驻扎。蒙汜（sì）：或称“蒙谷”，日落之处。

③夜光：月的别称。

④死：指月缺渐没。育：月没而复圆。

⑤利：黑影。

⑥而顾：犹“而乃”。姜亮夫《屈原赋校注》：“顾字当与‘而’连续为一词，‘而顾’犹言‘而乃’。”菟（tù）：即兔。

⑦女岐：古代传说中的神名。合：婚配。这里有野合的意思。

⑧伯强：有五种说法：风神名；疠鬼；水神；伯阳，即老子；阳气。一般认为是风神名。

⑨惠气：即惠风，和畅的风。

**【译文】**太阳晨起自旸谷而出，止宿于蒙汜之地。自早晨至傍晚，它又走了究竟几里？月亮又有什么高尚的德行？竟然能缺没却又复圆而生？月亮上的黑影又是为何？难道是兔子在其腹中？神女女岐并没有婚配，如何可以生出九子？风神伯强居住在何处？和畅之风又来自哪里？

何阖而晦①？何开而明？角宿未旦②，曜灵安藏③？不任汩鸿④，师何以尚之⑤？佥曰何忧⑥？何不课而行之⑦？鸱龟曳衔⑧，鲧何听焉⑨？

**【注释】**①阖（hé）：闭。晦：暗，指天黑。

②角宿：东方星。旦：日出。

③曜（yào）灵：太阳。

④汩（gǔ）：治理。鸿：同“洪”，洪水。

⑤师：众人。尚：推举，推荐。

⑥佥（qiān）：众人。

⑦课：试验。

⑧鸱（chī）龟：一种神龟。曳衔：拉扯。

⑨听：音近“圣”，圣德的意思。

**【译文】**天门关闭为什么是夜晚？天门打开为什么就是白天？东方之星未现之时，太阳又将在何处藏身？鲧不能胜任治水重任，众人又为何将其推举？大家却都说，何必担忧，何不对其考察试用？就连神龟都来帮忙拖曳，鲧又有何德行能驱使它们？

顺欲成功[①]，帝何刑焉？永遏在羽山[②]，夫何三年不施[③]？伯禹愎鲧[④]，夫何以变化？纂就前绪[⑤]，遂成考功[⑥]。何续初继业[⑦]，而厥谋不同[⑧]？洪泉极深，何以窴之[⑨]？

**【注释】**①顺欲：按照鲧的意图。

②遏：幽闭。羽山：神话中的地名，位于今江苏省赣榆县。一说位于今山东省蓬莱市。

③三年：约数，指多年。施：解脱。

④伯禹：即禹。伯为禹的封爵，禹曾受封为夏伯，所以称为伯禹。愎：通"腹"，这里指从腹中来。

⑤纂：继续，继承。

⑥考：死去的父亲。

⑦续初：继续鲧的事业。

⑧厥谋：厥，指禹。指禹的治水方略。

⑨窴(tián)：同"填"，填塞。

**【译文】**依照鲧的想法，治水原本可以成功，但尧又为什么要惩罚于他？将他长期囚禁于羽山，为何又多年仍不释放？大禹从鲧的腹中生而出世，这又是如何化育而成？大禹继承鲧的事业，为何又使用完全相异的治水思路？洪水如此之深，大禹又是用什么将其填平？

地方九则[①]，何以坟之[②]？河海应龙[③]，何尽何历[④]？鲧何所营[⑤]？禹何所成？康回冯怒[⑥]，墬何故以东南倾[⑦]？九州安错[⑧]？川谷何洿[⑨]？

**【注释】**①方：区分。九则：九品。禹分天下土地为上上、上中、上下、中上、中中、中下、下上、下中、下下九等，所以称为九则。

②坟：区分。

③应龙：古代神话传说中有翼能飞的龙。

④尽：疑为“画”，划的意思。一本此句作“应龙何画，河海何历”。游国恩《天问纂义》认为，这一句是错简倒乱。

⑤营：惑乱。

⑥康回：共工。冯（píng）怒：大怒。

⑦墜（dì）：同“地”。

⑧九州：传说禹分天下为冀、兖、青、徐、扬、荆、豫、梁、雍九州。错：通“措”，安置。

⑨洿（wū）：水深。

**【译文】**大禹分天下为九块，他又是以什么标准进行划分？应龙如何划地疏水？江河之水又从何处入海？鲧受何迷乱而治水不成？禹又为什么能治水成功？共工怒气冲天，可为何大地却向东南而倾？九州大地如何设置？河谷之水为何如此之深？

东流不溢，孰知其故？东西南北，其修孰多？南北顺椭[①]，其衍几何[②]？昆仑县圃[③]，其尻安在[④]？增城九重[⑤]，其高几里？四方之门，其谁从焉？西北辟启，何气通焉？日安不到，烛龙何照[⑥]？羲和之未扬[⑦]，若华何光[⑧]？何所冬暖？何所夏寒？

**【注释】**①椭：狭长。

②衍：多余。

③昆仑：神话中位于西部的神山。县圃：神话中位于昆仑山上的山峰。

④尻（kāo）：即“尻”，本指脊椎尾骨，或指臀部，引申为山脊尽头。

⑤增城：神话中位于昆仑山上的地名。

⑥烛龙：神名。洪兴祖《楚辞补注》：“《山海经》云：‘钟山之神，名曰烛阴，视为昼，瞑为夜，吹为冬，呼为夏，不饮不食，不喘不息，身长千里，人面蛇身，赤色。’注曰：即烛龙也。”

⑦羲（xī）和：远古神话中的神。扬：日出。

⑧若华：若木之花。《山海经·大荒北经》：“大荒之中，有衡石山、九阴山、洞野之山，上有赤树，青叶赤华，名曰若木。”

**【译文】**水向东流，为何东方不会溢满？东西南北四边，哪边距离更长？南北狭长，又比东西长出多少？昆仑山上县圃仙境，它的尽头又在何处？昆仑山上增城九层，谁又知道它有多高？昆仑四方几道天门，谁又从那里通过？西北方城门敞开，什么风从那里吹过？太阳可有照不到的地方？烛龙又照亮了哪里？太阳还没有升起之前，若木之花又为何能照耀大地？什么地方冬天温暖？什么地方夏日凉爽？

焉有石林[①]？何兽能言？焉有虬龙[②]，负熊以游？雄虺九首[③]，倏忽焉在[④]？何所不死？长人何守[⑤]？靡蓱九衢[⑥]，枲华安居[⑦]？一蛇吞象，厥大何如？黑水玄趾[⑧]，三危安在[⑨]？延年不死，寿何所止？

**【注释】**①石林：石柱之林，喀斯特地貌中的特有景观。

②虬（qiú）龙：古代传说中一种无角的龙。

③雄虺（huǐ）：虺，毒蛇。雄虺是传说中一种有九个头的大毒蛇。

④倏（shū）忽：行动迅速，极快的样子。

⑤长人：即长寿之人。一说指身材高大之人。一说指防风氏，传说夏禹

时期诸侯防风氏身长三丈，守卫封嵎之山。守：操守。

⑥靡蓱（píng）：分枝众多的浮萍。九衢（qú）：分枝众多，引申为枝叶交叠的样子。

⑦枲（xǐ）华：麻的花。

⑧黑水：古代神话传说中出自昆仑山的一条河，传说可令人长寿不死。一说为怒江。玄趾：疑为“交趾”，古地名，泛指五岭南。一说是染黑脚趾。

⑨三危：地名。有四种说法：其一，位于甘肃省敦煌市的三危山，这是古三危山；其二，孙星衍《尚书今古文注疏·尧典》中讲，位于甘肃省岷山西南；其三，姜亮夫《屈原赋校注》引刘逢禄《尚书古今集解》引《西藏总传》：“卫在打箭炉西南，俗称前藏，藏在卫西南，俗称后藏。喀木在卫东南之处，统名三危，即《禹贡》‘导黑水至于三危也’。”其四，仙山。

**【译文】**什么地方会有石林？哪一种兽类可以言语？哪里有虬龙，还可以驮着黄熊游来游去？九头的大毒蛇来往迅疾，但它到底在哪里？什么地方的人能够长生不死？那些长命之人又有何操守可以如此？分枝众多的浮萍枝叶交叠，枲麻之花又生长在哪里？一条蛇可以吞下一头象，那蛇自己又会有多大？黑水、交趾、三危在什么地方？如果延长寿命可以不死，那么寿数到底什么时候才会停止？

鲮鱼何所①？鬿堆焉处②？羿焉彃日③？乌焉解羽④？禹之力献功⑤，降省下土四方⑥，焉得彼嵞山女⑦，而通之於台桑⑧？

**【注释】**①鲮（líng）鱼：神话中一种鱼，人面鱼身，生长于西海之中。

②鬿（qí）堆：鬿雀。《山海经·东山经》：“北号之山有鸟焉，其状如鸡，而白首鼠足虎爪，其名曰鬿雀，亦食人。”

③羿：这里指尧时善于射箭者。彃（bì）：射。

④乌：神话中太阳里的“三足乌”。解羽：羽翼脱落，指乌死。

⑤力：勤勉。献：投入，献身。功：指治理水灾、平定九州的事情。

⑥降：下来。省（xǐng）：察看。

⑦嵞（tú）山：即“涂山”，古国名。王逸《楚辞章句》：“言禹治水，道娶嵞山氏女也，而通夫妇之道于台桑之地。”

⑧通：相会。一说通婚。台桑：地名，其地不可确考。一说桑间野地。

**【译文】**传说中的鲮鱼又在哪里？鬿雀又在什么地方？羿为什么要射九个太阳？太阳中的三足乌又为何会死？大禹勤劳地治理水患，在四方巡游巡视，他又是如何遇到的涂山国女子？又怎么与之相爱并在台桑私会？

闵妃匹合①，厥身是继②，胡维嗜不同味③，而快鼂饱④？启代益作后⑤，卒然离蠥⑥，何启惟忧⑦，而能拘是达⑧？

**【注释】**①闵（mǐn）：爱怜。妃：配偶。匹合：婚配。

②厥身：指禹。继：继承，即指生启之事。

③胡：为何。维：语气词。

④快：满足。鼂（zhāo）：同“朝”，指时间很短。饱：满足。

⑤启：禹的儿子，夏朝国王，中国历史上由“禅让制”变为“世袭制”的第一人。益：禹的贤臣，是禹选定的继承人，据说禹传位于益，启谋夺王位，但被益拘禁，后来启逃脱，又杀掉了益而夺得王位。后：国君，君王。

⑥卒（cù）：同“猝”，突然。离：遭受。蠥（niè）：忧患，灾难。

⑦惟：遭受。

⑧拘：拘禁。达：通达，逃脱。

**【译文】**互相爱恋而婚配结合，大禹这才得以有了后继。为什么他们彼此嗜好不同，却能如此之快地互相吸引且心满意足？启取代益成为王，却又突然遭难，可为什么他还能逃脱拘禁？

皆归䠞[①]，而无害厥躬[②]。何后羿作革[③]，而禹播降[④]？启棘宾商[⑤]，《九辩》《九歌》[⑥]。何勤子屠母[⑦]，而死分竟地[⑧]？

**【注释】**①䠞（jú）：这里指交战。䠞，一作“射”。䠞，一作“鞫”，射箭声。

②厥躬：指启。

③作：通“祚”，国祚，就是国家命运福祉。革：变革，指启代替益为王。

④播降：繁荣昌盛。

⑤棘：急切。一说屡次。宾：祭祀。商：应为“帝”，指天帝。

⑥《九辩》《九歌》：均为古乐曲名，传说为启所作。

⑦勤子：贤子，指启。屠母：传说启的母亲涂山氏化为石，石破而生启，所以说是屠母。

⑧死：通“尸”，尸体。竟地：满地，到处都是。

**【译文】**益与启两个部族交战，箭如雨下，却并没有伤到启。为什么启代替益为王，而禹的后代却如此繁盛？启急切地祭祀天帝，得到仙乐《九辩》《九歌》。为什么这样贤良勤勉的儿子，却会害死自己的母亲？让母亲的尸骨散落满地？

帝降夷羿[①]，革孽夏民[②]。胡躲夫河伯[③]，而妻彼雒嫔[④]？冯珧利决[⑤]，封豨是䠶[⑥]。何献蒸肉之膏[⑦]，而后帝不若[⑧]？

**【注释】**①夷羿：指羿，上古羿有多人，这里指有穷氏羿，夏太康、少康时人。

②革：革除。孽：祸患。夏民：夏朝百姓，或泛指民众。

③河伯：即黄河水神。一说河伯为古诸侯。

④雒（luò）嫔：上古神话中的雒水女神。

⑤冯（píng）：持。珧（yáo）：本指小蚌，其壳可以镶嵌在弓上。这里指良弓。利：精良。决：通“玦”，钩弦工具。

⑥封豨（xī）：大野猪。因历史传说中有很多叫“羿”的人，尧时的羿有射封豨的事情，屈原可能混淆了这些“羿”的事情。

⑦蒸肉：祭祀用的肉。膏：祭肉的膏脂。

⑧后帝：天帝。若：通“诺”，赞许，保佑。

**【译文】**天帝让羿降生于世，让他为百姓革除祸患。他为什么要射瞎河伯，又将其妻雒水之神强娶？他拿着良弓钩弦，射杀大野猪，他向天帝敬献肥美的祭肉，为何天帝却并不保佑于他？

浞娶纯狐[①]，眩妻爰谋[②]。何羿之躲革[③]，而交吞揆之[④]？阻穷西征[⑤]，岩何越焉[⑥]？化为黄熊[⑦]，巫何活焉？咸播秬黍[⑧]，莆雚是营[⑨]。

**【注释】**①浞（zhuó）：指寒浞，传说为羿的相，后杀掉羿自立为君王。纯狐：羿的妻子，与寒浞合谋杀死羿。也有说是嫦娥。

②眩妻：善于迷惑人的妻子，指纯狐。爰（yuán）：于是。

③躲革：羿善射，传说可以射透七层兽皮。

④吞：消灭。揆（kuí）：消灭。

⑤西征：指鲧被放逐到东方海滨的羽山，曾经向拥有众多神巫的西方求救。

⑥岩：险峰，这里指前往羽山。

⑦黄熊：指鲧。《左传·昭公七年》："昔尧殛鲧于羽山，其神化为黄熊。以入于羽渊，时为夏郊，三代祀之。"

⑧秬（jù）黍：黑米。

⑨莆雚（huán）：皆为水草名。营：耕种。

**【译文】**寒浞娶走了羿的妻子，实际上却是这个善于迷惑人的妻子与浞合谋算计了羿。为什么能射透七层兽皮的羿，却被这样的人算计消灭？鲧历经艰险向西而行，又是如何翻越那崇山峻岭？鲧的身体化为黄熊，神巫又是如何将他救活的？鲧辛勤耕地劳作，种植黑米，铲除水草。

何由并投①，而鲧疾修盈②？白蜺婴茀③，胡为此堂④？安得夫良药⑤，不能固臧⑥？天式从横⑦，阳离爰死。大鸟何鸣⑧，夫焉丧厥体？蓱号起雨⑨，何以兴之？

**【注释】**①并投：一起流放，指鲧与共工等人一起被流放。一说鲧与妻修己一同被流放。

②疾：罪恶。修盈：修，长。盈，满。修盈就是罪恶深重的意思。

③白蜺（ní）：白色的虹。婴：本意指装饰品，这里意思为缠绕。茀（fú）：云雾。

④堂：这里指"盛"的意思。

⑤良药：不死之药。

⑥固臧（cáng）：固，稳妥。臧，同"藏"，保存。妥善保管。

⑦天式：自然法则。从（zòng）横：即"纵横"，意思为阴阳消长、生生死死。

⑧大鸟：王子侨所化的鸟。王逸《楚辞章句》："言崔文子取王子侨之尸，置于室中，覆之以弊筐，须臾则化为大鸟而鸣，开而视之，翻飞而去。文子焉能亡子侨之身乎？言仙人不可杀也。"

⑨蓱：雨神。号：号令。

**【译文】**为何鲧又与共工一起被摒弃流放？难道他真的罪恶深重？后羿之妻嫦娥穿戴华服盛装，为何要如此打扮？他们从哪里得来的长生良药，却不能好好保藏？阴阳消长，生死自然，阳气离体，便会死亡。王子侨所化之鸟为什么会鸣叫？他又是如何失去了原有的身躯？雨神发出号令便可下雨，他又是怎样才将其兴起？

撰体协胁[①]，鹿何膺之[②]？鳌戴山抃[③]，何以安之？释舟陵行[④]，何以迁之？惟浇在户[⑤]，何求于嫂？何少康逐犬[⑥]，而颠陨厥首[⑦]？

**【注释】**①撰：通"巽"，柔顺。协：合顺。

②鹿：指风神飞廉。膺（yīng）：响应。

③鳌（áo）：传说中的大龟。戴：背负，驮。抃（biàn）：拍浮，游动，这里指大龟伸足游动。

④释：放置。陵：本义指大土山，这里指陆地。

⑤浇（ào）：古史传说中的大力士，夏少康时人，寒浞之子。

⑥少康：夏朝国王，夏后相之子。

⑦颠陨：坠落，这里指浇被杀。厥首：指浇的首级。

**【译文】**风神性情温顺，又是如何响应这风起云雨？海中的大龟背山而游，如何能让山在背上安稳？将船放在陆地上，又如何让其行进？浇为力士，做事又何必求助于大嫂？少康驱使猎犬打猎，为什么却砍下了浇的头颅？

女歧缝裳[①]，而馆同爰止[②]，何颠易厥首[③]，而亲以逢殆[④]？汤谋易旅[⑤]，何以厚之？覆舟斟寻[⑥]，何道取之？桀伐蒙山[⑦]，何所得焉？妹嬉何肆[⑧]，汤何殛焉[⑨]？

**【注释】**①女歧：即女艾。姜亮夫《屈原赋校注》："艾在泰韵，歧在支韵，古支泰相转而又同声，故歧得为艾也。"缝裳：缝衣服。据《左传·哀公元年》记载，女歧（艾）是夏少康为报父为浇所杀之仇，并为了复兴夏王朝，而派到浇身边去的间谍一类的人物，目的在于以女色使浇惑乱，从而伺机杀死他。"缝裳"应该就是女歧（艾）与浇之间的一种亲密行为。

②馆同：即"同馆"，同房。爰：与，一起。止：止宿，居住。

③易：换，这里指砍错了。王逸《楚辞章句》："言少康夜袭得女歧头，以为浇，因断之，故言易首。"厥首：指女艾的头。

④亲：指女艾。逢殆：遭祸，指被杀。

⑤汤：为"康"之误，当指少康。这里所问应为少康中兴之事。易：治理，整顿。旅：军队，部下。

⑥斟（zhēn）寻：古国名，与夏同为姒姓，位于今河南省巩县西南。

⑦桀（jié）：夏代最后一位君王。蒙山：古国名。一说指岷山。

⑧妹嬉（mò xǐ）：夏桀的妃子。何肆：姜亮夫《屈原赋校注》："'何肆'之'何'，当读与'何有与我'之'何'，训为不。"不肆，意思就是不恣纵。

⑨殛（jí）：惩罚。

**【译文】**女艾为浇缝制衣裳，两人一起居住同房，为何本要砍浇的头颅，却错杀了女艾，反使她遭殃？少康谋划整治军事，靠什么让自己的力量增强？浇曾经将斟寻国的战船倾覆，少康又是如何战胜的他？夏桀讨伐蒙山，他得到了什么？妹嬉本人并不十分放纵，为何汤却要对其惩罚？

舜闵在家[①]，父何以鳏[②]？尧不姚告[③]，二女何亲[④]？厥萌在初[⑤]，何所亿焉？璜台十成[⑥]，谁所极焉？登立为帝，孰道尚之？女娲有体[⑦]，孰制匠之？舜服厥弟[⑧]，终然为害。

**【注释】**①闵：妻室。

②父：姜亮夫《屈原赋校注》：“‘父何以鳏’，父字讹，当为夫字。‘夫何以’，《天问》句例。”鳏（guān）：同“鳏”，男子年长而无妻。

③姚告：即告姚。姚，王逸《楚辞章句》：“舜姓也。”这里指舜的父母。

④二女：指尧的两个女儿娥皇、女英。亲：结亲。

⑤萌：通“民”。

⑥璜（huáng）台：用玉装饰的高台。汤炳正《楚辞今注》认为，就是舜登基时的台子。十成：十层，极高的意思。

⑦女娲：神女名。

⑧弟：指舜的弟弟象。

**【译文】**舜在家有妻室，为何又叫他鳏夫？尧未告知舜的父母，怎能将两个女儿嫁进舜家？舜做百姓之时，怎能料到会有后日登基之事？玉饰高台，又有谁可以登上？舜被立为君王，又是谁予以他引导？女娲躯体变化无穷，又是谁造就了她？舜宽容弟弟，最终酿成祸患。

何肆犬体[①]，而厥身不危败[②]？吴获迄古[③]，南岳是止[④]。孰期去斯⑤，得两男子⑥？缘鹄饰玉⑦，后帝是飨⑧。何承谋夏桀⑨，终以灭丧？

**【注释】**①犬体：这里是对舜的弟弟象的贬称，意思是说象的行径悖谬不法，就好像犬类一般。

②危败：指舜的弟弟象行事悖逆，一再谋害舜，但却并未被追究。

③获：得到。一说认为“吴获”是人名。迄古：从远古时期开始，意思是国运长久。

④南岳：泛指南方地区。止：留下居住。

⑤去：一作“夫”。姜亮夫《屈原赋校注》：“应作‘夫’，‘夫’、‘去’形近而误。‘夫’在句中作‘于’字解。”斯：这样，指代“吴获迄古，南岳是止”的情况。

⑥两男子：王逸《楚辞章句》认为是指太伯、仲雍两人。

⑦缘鹄（hú）饰玉：缘、饰，义近，都是装饰的意思。鹄、玉，都是指鼎上作装饰用的花纹与器物。这里指伊尹借助烹调食物，以供汤享用的时机来接近汤，向其陈述治国之道。

⑧后帝：指汤。飨（xiǎng）：赏识。

⑨承谋：指伊尹接受汤的旨意，假意事奉桀，实际上探听夏的虚实，以图谋灭之。

**【译文】**为什么象如犬类一般行径悖逆不法，却未被追究而无亡败？吴国于南岳立国，国运长久，这样的情况又有谁能料到，难道只因为出了泰伯、仲雍这两名贤良的男子？伊尹用精美的器具盛装美食进献给汤，因此得到赏识。为什么他又要假意为夏桀谋划，使得夏朝灭亡？

帝乃降观①，下逢伊挚②。何条放致罚③，而黎服大说④？简狄在台⑤，嚳何宜⑥？玄鸟致贻⑦，女何喜⑧？

**【注释】**①帝：指汤。降观：四处巡察。

②伊挚：即伊尹。

③条放：指夏桀被流放到鸣条这件事。致罚：受到上天的惩罚。

④黎服：天下众民。服，古代行政区划单位。说：同“悦”，喜悦。

⑤简狄：帝喾的妃子。

⑥喾（kù）：传说中的古代帝王名。宜：祭祀。姜亮夫《屈原赋校注》作“祭祀求福”解，可从。

⑦玄鸟：黑色的鸟，指燕。致贻（yí）：送礼。王逸《楚辞章句》：“贻，遗也。言简狄侍帝喾于台上，有飞燕坠遗其卵，喜而吞之，因生契也。”

⑧喜：一作“嘉”，有喜，怀孕。

**【译文】汤巡视四方，遇到伊尹。夏桀被流放鸣条，受到上天惩罚，为何百姓却如此喜悦无常。简狄住在高台之上，帝喾为何要祭祀求福？黑色的鸟给简狄送来礼物，她为何会怀孕有喜？**

该秉季德①，厥父是臧。胡终弊于有扈②，牧夫牛羊？干协时舞③，何以怀之④？平胁曼肤⑤，何以肥之？有扈牧竖⑥，云何而逢？击床先出⑦，其命何从？恒秉季德⑧，焉得夫朴牛⑨？

**【注释】**①该：通“亥”，王亥，殷人的远祖，契的六世孙。季：王亥之父，殷侯冥。

②弊：困厄。《山海经·大荒东经》：“王亥托于有易，河伯仆牛。有易杀王亥，取仆牛。”有扈（hù）：王国维《殷卜辞中所见先公先王考》认为即“有易”，“易”与“扈”金文形近。

③干：盾。协：和合。时舞：指万舞，古代一种大型乐舞。

④怀：挑逗，引诱。

⑤平胁：形容体形俊美丰满。曼肤：肌肤细嫩。

⑥有扈：即有易。姜亮夫《屈原赋校注》指出，“按有扈即上文有易……此有易指王亥所淫之女。”牧竖：指王亥。

⑦击床：姜亮夫《屈原赋校注》认为，这是指有易氏击杀亥事。先出：按照《山海经》来看，王亥已经被杀，那么“击床先出”中的“先”应为误字，以意校之，或是“不”“未”之属。

⑧恒：即殷侯王恒，王亥的兄弟。

⑨朴牛：即服牛，可以驾车的大牛。

**【译文】**王亥继承了父亲的德行，并因此而受到嘉奖，为什么反最终困于有易，为人牧牛放羊？亥拿起盾牌，跳起万舞，他什么来诱惑有易氏的姑娘？俊美的体态、丰满的肌肤，是什么让她们如此丰美？有易美女与低贱牧夫，又是因何而走到了一起？有易氏击杀王亥，尚未出门，他的命运又将何去何从？王恒也继承了父亲的德行，他又怎样得到驾车的大牛？

何往营班禄[①]，不但还来[②]？昏微遵迹[③]，有狄不宁[④]。何繁鸟萃棘[⑤]，负子肆情[⑥]？眩弟并淫[⑦]，危害厥兄。何变化以作诈[⑧]，后嗣而逢长？

**【注释】**①营：经营。班禄：颁布爵禄。

②但：空。一说疑为“得”之误。

③昏微：指殷侯上甲微，据说他当了殷朝国君之后，便借助河伯的军队攻伐有易，将其灭掉之后，杀其君绵臣。迹：道路。

④有狄：就是有易。

⑤繁鸟萃棘：萃，聚集。棘，荆棘。意思就是鸟雀来到不该来的地方，比喻荒淫事。姜亮夫《屈原赋校注》认为，这一句或是在比喻上甲微晚年的荒淫之行。

⑥负：姜亮夫推测，这里本为“媍”字，意思为“妇”。“妇子”或即劫夺儿媳为自己妻子的丑行。

⑦眩：惑乱，荒唐。

⑧变化：指改变帝位继承顺序。

**【译文】**为什么要去有易氏颁布爵禄，目的还未成行为何又返回？上甲微沿巡父祖的足迹，有易氏从此不得安宁。但为何他晚年却荒淫无道，做下劫夺儿媳为妻的丑行。上甲微的弟弟同样淫乱，竟然要危害自己的兄长。为什么这样的坏人行为狡诈，反倒能子孙后代如此昌盛？

成汤东巡，有莘爰极[①]。何乞彼小臣[②]，而吉妃是得[③]？水滨之木，得彼小子[④]。夫何恶之，媵有莘之妇[⑤]？汤出重泉[⑥]，夫何罪尤[⑦]？不胜心伐帝[⑧]，夫谁使挑之？

**【注释】**①有莘（shēn）：古国名。爰：助词。

②乞：讨要。小臣：指伊尹。

③吉妃：美好的姑娘。得：娶得。

④小子：指伊尹。

⑤媵（yìng）：陪嫁。指汤娶有莘氏女为妻，有莘氏便以伊尹为陪嫁。

⑥重泉：地名。《史记·夏本纪》中记载，夏桀召汤并将之囚禁在夏台，后又将之释放。重泉大约就是夏台的所在。

⑦尤：过失。

⑧胜心：压住怒气。帝：指夏桀。

**【译文】**成汤在东方巡视，到了有莘国。为什么原本想要讨要伊尹，最终却得到了美丽的新娘？在水中的树木中，伊尹降生。有莘氏又为什么讨厌于他？汤娶了有莘氏，有莘氏不惜将伊尹当成陪嫁。汤被拒绝于重泉，又是因为犯罪哪般？汤没有压制住怒火去讨伐夏桀，他又是受了何人唆使？

会鼂争盟①，何践吾期②？苍鸟群飞③，孰使萃之？到击纣躬④，叔旦不嘉⑤。何亲揆发足⑥，周之命以咨嗟⑦？授殷天下，其位安施？反成乃亡⑧，其罪伊何？争遣伐器⑨，何以行之？并驱击翼，何以将之？

**【注释】**①会鼂（zhāo）：即“朝会”。争盟：一本作“请萌”，即宣誓于神。

②践：履行。吾期：吾，同“武”。周武王定下的会盟日期。

③苍鸟：比喻跟从武王伐纣的将士。

④到：一作“列”，分解。朱熹《楚辞集注》：“《史记》言：武王至纣死所，射之三发，以黄钺斩其头，悬之太白之旗，此所谓列吉纣躬也。”躬：身体。

⑤叔旦：即周公旦。不嘉：不赞许。

⑥揆（kuí）：谋划。发：指周武王姬发。足：当作“定”，取“使安定”的意思。姜亮夫《屈原赋校注》认为，“足”应为“定”的形误，且应位于下句。

⑦咨嗟（jiē）：叹息。

⑧反：一本作“及”，指殷有天下但却又失去了它。

⑨伐器：作战的器具，指军队。

**【译文】**诸侯聚集，向神宣誓，他们又是如何做到这样的按期而至？跟随武王伐纣的将士，如苍鹰一般矫健，又是谁怎样将他们召集一致？武王砍断纣王的躯体，周公旦并不赞同，他为武王谋划政策，安定周室，为何却又不停叹息？上天将天下交给了殷朝，可帝位为何却又转移？殷朝先是成功，最终却又以失败告终，他们又犯了怎样的罪过？诸侯派出军队，是通过什么来指挥？将士们并驾齐驱、攻击敌军两翼，这又是谁来带领？

昭后成游①，南土爰底②。厥利惟何，逢彼白雉③？穆王巧梅④，夫何为周流？环理天下⑤，夫何索求？妖夫曳衒⑥，何号于市？周幽谁诛，焉得夫褒姒⑦？天命反侧，何罚何佑？齐桓九会⑧，卒然身杀⑨。

**【注释】**①昭后：指周昭王，西周第四代君主。成：同“盛”，盛大。

②南土：荆楚地区。底：止，至。这里指周昭王南征楚国而不还的事。

③白雉（zhì）：白色的野鸡。

④穆王：昭王之子。巧梅：梅，通“枚”，马鞭。一说通“挴”，贪。巧梅就是善于驾车的意思。

⑤环理：周游。

⑥妖夫：妖人。曳衒（xuàn）：应为“曳衔”，犹言“相将”。一说“衒”为卖的意思，是“衔”的形误。

⑦褒姒：周幽王的妃子。

⑧九会：指齐桓公九会诸侯，以尊周室。

⑨身杀：身死。王逸《楚辞章句》：“言齐桓公任管仲，九合诸侯，一匡天下；任竖刁易牙，子孙相杀，虫流出户。”

【译文】昭王举行盛大的游行，南征楚国却未回还。他到底要贪图什么？难道仅仅是为了追寻白色的野鸡？穆王巧于贪求，为什么又要四方巡游？他周游天下，又有什么追求？妖人夫妇沿街兜售，为什么要在街炫耀叫卖？周幽王想要诛灭谁？为什么又能得到褒姒这个妃子？天命反复无常，会惩罚谁又将保佑谁？齐桓公为安定周室，九次大会诸侯，最终却落得个身死。

彼王纣之躬①，孰使乱惑？何恶辅弼②，谗谄是服③？比干何逆④，而抑沉之？雷开阿顺⑤，而赐封之？何圣人之一德，卒其异方⑥？梅伯受醢⑦，箕子详狂⑧。

【注释】①躬：身躯。

②辅弼：忠诚的大臣。

③谗谄：指谄邪的小人。服：任用。

④比干：纣王的叔叔，曾劝告纣王去恶为善，但却被纣王剖心而杀。逆：触犯。

⑤雷开：纣王时的奸佞之人。阿（ē）：阿谀奉承。一作“何”。姜亮夫《屈原赋校注》：“作阿非是，此与上句何逆为相对而相反之问，若为阿，则为陈述语矣。”

⑥卒：最后，最终。方：方式。

⑦梅伯：纣王时的诸侯。醢（hǎi）：肉酱，这里意思为砍成肉酱。

⑧箕（jī）子：纣王叔父。详（yáng）狂：详，通“佯”。装疯。据《史记·殷本纪》，纣王杀比干后，箕子惧而佯狂，为奴。

【译文】纣王之心，是如何变得如此混乱迷惑？他为什么厌恶那些忠心辅佐的良臣，反而任用那谗佞的小人？比干到底哪里违逆了纣王，反倒受到了压制？雷开怎样阿谀顺从纣王，从而得到了赐封之地？圣人的美德都差不多，可为什么他们最终的结局却是大相径庭？梅伯被砍成肉酱，箕子不得不装疯卖傻。

稷维元子[①]，帝何竺之[②]？投之於冰上，鸟何燠之[③]？何冯弓挟矢[④]，殊能将之？既惊帝切激[⑤]，何逢长之[⑥]？伯昌号衰[⑦]，秉鞭作牧[⑧]。何令彻彼岐社[⑨]，命有殷国？

**【注释】**①稷（jì）：周人的始祖，姜嫄之子。元子：嫡长子。

②帝：指帝喾。竺：厚。或指“竺”为“毒”。

③燠（yù）：焐热，温暖。《史记·周本纪》中记载，帝喾将稷“弃渠中冰上，飞鸟以其翼覆荐之”一事。

④冯（píng）弓：冯，同“凭”，持。拿着弓。

⑤惊帝：惊动上帝。“帝”有三说：一说指上帝；一说指纣；一说指高辛氏，即帝喾。切激：强烈。

⑥逢长：繁荣昌盛。长，一说文王所受封西伯或西长一职。

⑦伯昌：周文王姬昌。衰：衰世。

⑧秉鞭：执政。牧：古代地方长官。为“牧师”的简称，是我国古代管理牧区的官吏，后引申为地方长官。

⑨彻：放弃，毁弃。岐社：岐地是周氏族祭祀的地方。

**【译文】**后稷是帝喾的嫡长子，可为何却遭帝喾嫌弃？将他丢弃在寒冰之上，大鸟为何要用羽翼来温暖他？后稷擅长务农，又为何有操弓弄箭的特殊本领？既然他能令上帝强烈震惊，为什么他的子孙反而繁荣昌盛？姬昌在乱世中发号施令，成为一片地方之主。却又为何放弃岐地宗庙，承受天命获得殷朝江山？

迁藏就岐，何能依？殷有惑妇，何所讥？受赐兹醢[①]，西伯上告。何亲就上帝罚[②]，殷之命以不救？师望在肆[③]，昌何识[④]？鼓刀扬声，后何喜？武发杀殷[⑤]，何所悒[⑥]？载尸集战[⑦]，何所急？伯林雉经[⑧]，维其何故？何感天抑墬[⑨]，夫谁畏惧？

**【注释】**①受：纣王名。兹：子，指纣王杀文王之子伯邑考，烹以为羹，赐予文王食之。

②亲：指纣王。就：受到，遭受。

③师望：即太公吕望。肆：店铺。

④昌：文王姬昌。

⑤武发：指周武王姬发。殷：即纣王。

⑥悒（yì）：忿恨。

⑦尸：灵位。集战：会战。

⑧伯林：指纣。雉经：上吊自杀。

⑨墬（dì）：地。

**【译文】**周太王携带宝藏迁就岐地，又如何让部族顺从跟随？纣王身边有惑乱之女，哪里还有进谏的余地？纣王赐文王喝亲子肉羹，文王便向上天发出怒告。为什么纣王得到了上天的惩罚，殷王朝却还是没有得到挽救延续？太公吕望栖身小店铺，姬昌又如何能结识他？他操刀割肉，西伯听了又为什么会喜悦非常？武王姬发灭除殷纣，他为什么如此忿恨？他用车载着父亲的灵位，聚集将士出征，又是为了什么如此焦急？纣王上吊而亡，这又是什么缘故？他为什么要向天地呼告，难道是还有所畏惧？

皇天集命[①]，惟何戒之？受礼天下[②]，又使至代之[③]？初汤臣挚[④]，后兹承辅。何卒官汤[⑤]，尊食宗绪[⑥]？勋阖梦生[⑦]，少离散亡。何壮武厉，能流厥严？彭铿斟雉[⑧]，帝何飨[⑨]？

**【注释】**①集命：集天命于一身。

②礼：同“理”，治理。

③至：后来之人。

④臣挚：挚，伊尹的名。以挚为臣。

⑤官汤：指伊尹辅佐汤。

⑥尊食：指伊尹死后配祀汤。宗绪：宗庙。

⑦勋：有功绩。阖（hé）：吴王阖闾。梦生：吴王寿梦之孙。

⑧彭铿（kēng）：即彭祖。斟（zhēn）雉：善于调制雉羹。

⑨帝：天帝。一说为帝尧。飨（xiǎng）：享用。

**【译文】**殷王朝集天命于一身，又有什么样的境界？天命既然被赐予殷王朝，为什么又要让后人来代替他？当初伊尹是汤的小臣，后来担任辅佐任务。为什么一个辅佐臣子，死后却配享受王宗的祭飨？吴王阖闾是寿梦之孙，自小就遭遇流亡。为什么他壮年后却勇武刚猛，可以让自己声威远扬？彭祖调制好的雉羹，为何天帝如此喜欢享用？

受寿永多[①]，夫何久长？中央共牧[②]，后何怒？蜂蛾微命[③]，力何固？惊女采薇[④]，鹿何祐[⑤]？北至回水[⑥]，萃何喜[⑦]？

**【注释】**①受寿永多：寿命很长。据说彭祖寿命达七百六十七岁。

②中央：指周王朝。共牧：共同管理。《史记·周本纪》记述，厉王暴虐，周人遂将其流放，便由周公、召公共执国政。

③蜂蛾：指百姓民众。

④惊女采薇：指伯夷、叔齐二人不食周粟，采薇为食，从而惊动女子。

⑤鹿何祐：为何得到神鹿的庇佑、帮助。闻一多《楚辞校补》："《琱玉集感应篇》引《烈士传》曰：伯夷兄弟遂绝食（薇），七日，天谴白鹿乳之。此即所谓'鹿何祐'也。"

⑥回水：首阳山处于合区之中，所以以曲水代之。

⑦萃：停止，歇宿。

**【译文】**给予彭祖如此长的寿命，可他为何却还要惆怅？周公、召公共执国政，为什么厉王却还要怒气冲冲？百姓卑微弱小，为什么力量却如此顽强？伯夷叔齐采薇而食，令女子惊讶，受到讥讽，他们为何还能得到神鹿的庇佑帮助，以乳汁喂养？他们北行到首阳之山，为什么隐居却能如此高兴？

兄有噬犬[①]，弟何欲[②]？易之以百两[③]，卒无禄[④]。薄暮雷电，归何忧[⑤]？厥严不奉[⑥]，帝何求[⑦]？伏匿穴处[⑧]，爰何云？荆勋作师[⑨]，夫何长？

**【注释】**①兄：指秦景公伯车。噬犬：咬人的狗。

②弟：子鍼，秦景公的弟弟。

③易：交换。两：同"辆"，用于车辆。

④无禄：丧失爵禄。

⑤归何忧：回去有何担忧。这一句有五种解说：一是指屈原当时"问天"之事，二是指舜时之事，三是指周公时之事，四是指孔甲时之事，五是指楚灵王时之事。

⑥厥：其，这里指楚国。不奉：不能保持。楚先败于吴，后败于秦，故云

“不奉”。

⑦帝何求：帝，天帝。即何求于帝，求天帝有什么用。

⑧伏匿：潜伏，潜藏。穴处：住在山洞里，即身处山林荒野。

⑨荆勋：楚国勋旧贵族。作师：犹“兴师”。

**【译文】**秦景公伯车有只猛犬，他弟弟为什么总想得到？甚至用一百辆车来交换它，却最终丢失了性命。傍晚时分电闪雷鸣，离庙归家又有什么担心？国家尊严已然无保，求天帝又有什么用？我遭流放而身处山林荒野，对这样的境况又有什么话好讲？楚国不断大举兴兵，这样又怎能得来长久的国运？

悟过改更，我又何言？吴光争国①，久余是胜②。何环穿自闾社丘陵，爰出子文③？吾告堵敖以不长④。何试上自予⑤，忠名弥彰？

**【注释】**①光：吴王阖闾的名。争国：吴楚相争。

②久余是胜：久，长久。余，我们，也就是楚国。即“久胜余”。

③环：环绕。闾：乡里。穿：穿过。社：古代地方基层行政单位，泛言之，即里社、村落。是：指代前面的“闾社丘陵”，“是淫是荡”，即“淫荡于是”。爰：于是。子文：春秋时期楚国令尹，成王时人，有贤明之名。

④堵敖：名熊胜，楚文王子，继位五年为其弟成王熊恽所杀。

⑤试上：弑君。自予：自立为君。

**【译文】**如果君王能改过自新，我又何必如此多言？吴楚相争，吴国总是能取胜。为什么两人穿村入陵，做出苟且隐晦的勾当，却能生出贤明的子文？我说堵敖王位不会长久。为什么成王杀了堵敖而自立，却能有如此显著的忠诚名声？

# 九 章

**【题解】**《九章》由《惜诵》《涉江》《哀郢》《抽思》《怀沙》《思美人》《思往日》《橘颂》《悲回风》等九篇作品组成。朱熹《楚辞集注》说:“屈原既放,思君念国,随事感触,辄形于声。后人辑之,得其九章,合为一卷。”关于其创作时间和地点,王逸认为,是屈原在被流放至江南时所作;但朱熹则认为“非必出于一时之言也”。

《九章》是屈原取自己不同时期的政治生活与放逐生涯的生活,每篇写一件事,表达一种情感。对实地实事的叙写,以及坦诚流露自身情感的表达,使得《九章》成为研究屈原生平思想的重要资料,同时,这些内容也表达了屈原复杂、激烈冲突的内心状态,将他爱国忧民愤世的思想表现得淋漓尽致。

## 惜 诵

**【题解】**《惜诵》的篇名,主要有三种解释:第一,王逸《楚辞章句》认为,是谈忠信之道而论之;第二,洪兴祖《楚辞补注》认为,是爱怜君主而陈言;第三,林云铭《楚辞灯》,是痛惜过去而进谏。综合来看,“惜诵”就是将自己因直言进谏反遭谗言被疏远这件事,以痛惜的心情讲述出来。

《惜诵》所作时间，一说是顷襄王时期，一说是怀王时期。因为从作品内容上并没有看出已遭放逐的表达，所以汪瑗《楚辞集解》认为：“大抵此篇作于谗人交构，楚王造怒之际，故多危惧之词，然尚未遭放逐也。”

作为《九章》的第一篇，《惜诵》叙述了作者在政治上遭受打击的过程，表达了自己面对现实的态度，因为其基本内容与《离骚》前半篇大致相似，所以又有“小离骚”之称。

**惜诵以致愍兮①，发愤以抒情。所作忠而言之兮②，指苍天以为正③。令五帝枵中兮④，戒六神与向服⑤。俾山川以备御兮⑥，命咎繇使听直⑦。**

**【注释】**①愍（mǐn）：忧伤。

②所作：当做“所非”，“假如不是”的意思。

③正：通“证”，证明。

④五帝：古代神话传说中的武威神祇。东方太皞，南方炎帝，西方少昊，北方颛顼，中央黄帝。枵（xī）中：枵，即折、析，分判，明辨的意思。中，刑书、律书、法律条文。意思是按照法律条文来判断是非。

⑤六神：古代神话传说中的六位神祇，说法不一：一指四时、寒暑、日、月、星、水旱之神；二指星、辰、风伯、雨师、司中、司命；三指日、月、星辰、太山、河、海。向：对证，对质。服：事理，事实。

⑥俾（bǐ）：使。山川：指山川之神。备御：御，是从。即准备侍御之人以陪审。

⑦咎繇（gāo yáo）：即皋陶，相传为虞舜时期的法官，执掌刑狱法律。听直：听审诉讼，裁判曲直对错。

**【译文】**哀悼进谏陈述忧伤，倾吐忧思将愤懑发泄。所讲之话若是不忠实，手指苍天来为我作证。让五方天帝来作公平判断，请求六神来为我证明澄清。让山川神祇来做陪审，命令法官皋陶来将是非辨明。

竭忠诚以事君兮，反离群而赘肬[①]。忘儇媚以背众兮[②]，待明君其知之。言与行其可迹兮，情与貌其不变。故相臣莫若君兮[③]，所以证之不远。吾谊先君而后身兮[④]，羌众人之所仇[⑤]。专惟君而无他兮[⑥]，又众兆之所雠[⑦]。壹心而不豫兮，羌不可保也。疾亲君而无他兮[⑧]，有招祸之道也。

**【注释】**①离群：为众人所不容而离开群体。赘肬（yóu）：多余的肉瘤。

②儇（xuān）：聪慧，狡黠，有机巧。

③相（xiàng）：审察，察看。

④谊：即“宜”、“义”，这里作“应当”讲。

⑤羌：句首发语词，楚地方言。

⑥惟：思念，牵挂。

⑦兆：众人。雠（chóu）：仇恨，怨恨。

⑧疾：急切，极力。

**【译文】**竭尽忠诚服侍君王，但却遭到排挤以至于众所不容。不愿意谄媚并违背众意，期待能有贤君明了我心。我言行一致有据可查，我的表里如一永无变化。没有人能比君王更了解臣子，因为他可以亲身取证而无需远求。我以先君后己为原则，却不想成为众人怨恨的标靶。一心忠诚为君从无他想，如此竟被他人仇视极深。心思专一绝无犹豫，却又导致难保自己。急切亲近君王绝无他意，怎奈反成招惹祸殃之根。

思君其莫我忠兮，忽忘身之贱贫[①]。事君而不贰兮，迷不知宠之门[②]。忠何罪以遇罚兮，亦非余心之所志[③]。行不群以巅越兮[④]，又众兆之所咍[⑤]。纷逢尤以离谤兮[⑥]，謇不可释[⑦]。

**【注释】**①忽：忽略，忘记。贱贫：大概指屈原遭楚怀王疏远而失去尊官厚禄的境况。

②宠之门：得到君王宠幸的途径。

③志：通“知”，知道，明白。

④不群：与众人不同，不合群。巅越：坠落，跌落。

⑤咍（hāi）：嘲笑，嗤笑。

⑥逢尤：遭到罪责。离谤：离，遭受。遭到毁谤。

⑦謇（jiǎn）：句首发语词。释：解释，解说。

**【译文】**对待君王怎会有人比我更忠心，我已完全将自身贫贱忘记。服侍君王忠心不二，却迷惑不解邀宠的行径。一心忠诚到底何罪之有，反遭惩罚却非我意料中事。行为与众不同乃至于栽了跟头，如此自然为众人嘲弄不已。经常受到责怪并遭到毁谤，纵有百口也无处澄清。

情沉抑而不达兮[①]，又蔽而莫之白。心郁邑余侘傺兮[②]，又莫察余之中情[③]。固烦言不可结诒兮[④]，愿陈志而无路。退静默而莫余知兮，进号呼又莫吾闻。申侘傺之烦惑兮[⑤]，中闷瞀之忳忳[⑥]。

**【注释】**①沉抑：愁闷的情绪沉积、压抑在心底的样子。

②郁邑：形容忧郁愁闷的样子。侘傺（chà chì）：形容因失意而惆怅，

彷徨徘徊的样子。

③中情：泛指为内心情感，专指为内心忠信之情。

④烦言：指要说的话繁冗、杂乱。诒（yí）：赠送。

⑤申：重复。烦惑：形容心里烦乱、迷惑的样子。

⑥闷瞀（mào）：形容内心繁乱的样子。忳忳（tún）：形容忧愁的样子。

**【译文】**情绪压抑不能抒发心意，思想愤懑连语言都难以说清。忧郁愁闷而失意彷徨，但却没人能理解我的衷情。想要说的话杂乱繁多，想要陈述心志都没有途径。若是沉默避退更会无人理解，但若奔进呼喊却又无人肯听。内心烦乱迷惑不解，忧伤非常着实苦闷。

昔余梦登天兮，魂中道而无杭①。吾使厉神占之兮②，曰有志极而无旁③。终危独以离异兮④，曰君可思而不可恃⑤。故众口其铄金兮⑥，初若是而逢殆⑦。

**【注释】**①中道：半路。杭：渡过。

②厉神：主杀罚的神灵，或又能执占卜之事。

③志极：志存高远。旁：辅佐，帮助。

④危独：处境危险而孤立无援。离异：与他人不同而各走各路。

⑤曰：自此至“鲧功用而不就”都是厉神占卜后根据兆象显示而劝告屈原的话。

⑥铄（shuò）：销熔，熔化。

⑦初若是：当初像这样，这里是指“恃君”而言。殆：危险，险境。

**【译文】**以前我梦见自己登上天庭，魂魄走到半路却失去路径。我请厉神为我卜算一卦，他说我志向远大而无人同行。我问他最终自己会不会众叛亲离陷入险境，他说君王虽可思慕却不能仰仗。因此众口一词，坏话连金子都能熔化，当初你正是因为依靠君王，才遭遇这样的祸患。

惩于羹者而吹整兮[①]，何不变此志也？欲释阶而登天兮，犹有曩之态也[②]。众骇遽以离心兮[③]，又何以为此伴也[④]？同极而异路兮，又何以为此援也？晋申生之孝子兮[⑤]，父信谗而不好[⑥]。行婞直而不豫兮[⑦]，鲧功用而不就[⑧]。

**【注释】**①羹：古代用肉和菜调和五味做成的带汁的食物，这里指热羹。整（jī）：一种被切细的酱菜，属于凉菜。

②曩（nǎng）：以前。

③骇遽（jù）：惊惶，畏惧。离心：指与己心分离。

④伴：与下句"援"都是求援的意思。

⑤申生：春秋时期晋献公太子。献公宠妃骊姬欲立自己的孩子奚齐为太子，便向献公献谗言说申生有杀父之心，献公因此追捕申生，申生被逼自杀。

⑥好（hào）：喜爱，喜欢。

⑦婞（xìng）直：刚愎，刚直。豫：从容不迫。

⑧鲧（gǔn）：古代传说中禹的父亲，夏族首领。

**【译文】**被热汤烫过一次，再吃凉菜都要吹一吹，为何你却依然倔强，不改最初的走向？你想丢掉梯子来一步登天，这样的处世态度便还是从前模样。众人都惊慌畏惧，与你离德离心，你又怎能与他们结队同行？人人都想要获得君王的任用，但却都有各自不同的追求，你又怎能借助他们的帮助？晋国申生那样的孝子，父亲都会听信谗言而说他不善。因为行为太过耿直，鲧的治水功业都无法完成。

吾闻作忠以造怨兮，忽谓之过言①。九折臂而成医兮②，吾至今而知其信然。矰弋机而在上兮③，罻罗张而在下④。设张辟以娱君兮⑤，愿侧身而无所⑥。欲儃佪以干傺兮⑦，恐重患而离尤⑧。欲高飞而远集兮，君罔谓汝何之⑨。

**【注释】**①忽：忽略，忽视。过言：被过分夸大的话。

②九折臂而成医：多次受到折断手臂这样的打击，不断积累治疗经验，改善良方，从而成为好医生。

③矰弋（zēng yì）：用来射鸟的短箭。机：安装并发射。

④罻（wèi）罗：罻，捕鸟小网。用来捕鸟的网。

⑤张辟：用来捕猎鸟兽的工具，一说为罗网，一说为弓弩。

⑥侧身：伏着身子，蛰伏。

⑦儃（chán）佪：徘徊不前。干傺（gān chì）：求得仕进。

⑧重（chóng）：增加。尤：罪责。

⑨罔（wǎng）：莫非，该不会。

**【译文】**我听说做忠臣会招来怨恨，但心里却不以为意，认为这就是言过其实。多次受到手臂折断的打击，经验积累自会成为良医，我直到今天才意识到这是真理。这个世道，上面布置着机巧短箭，下面张设着害人罗网。处处都机关设置来取悦君王，让人想要避祸也没有容身的地方。徘徊不定想要求得仕途，又怕罪责增加而忧患更深。想要远走高飞另觅好处，可君王没准儿会问你要去什么地方。

欲横奔而失路兮①，坚志而不忍。背膺牉以交痛兮②，心郁结而纡轸③。梼木兰以矫蕙兮④，糳申椒以为粮⑤。播江离与滋菊兮⑥，愿春日以为糗芳⑦。恐情质之不信兮，故重著以自明。矫兹媚以私处兮⑧，愿曾思而远身⑨。

**【注释】**①横奔：肆意狂奔。

②膺：胸。牉（pàn）：分开。

③纡（yū）：弯曲，萦回。轸（zhěn）：痛。

④梼（dǎo）：通“捣”，舂。矫：糅合，混合。

⑤鑿（zuò）：舂，使之精细。申椒：香草名。

⑥江离：香草名。滋：栽种，种植。

⑦糗（qiǔ）芳：芳香的干粮。

⑧矫：举。媚：美好的东西。

⑨曾（céng）：重复，再三。远身：远远离开，以躲避灾祸。

**【译文】**想要辩解而不走正道，但自身意志坚定又不忍变心。我的胸背就像开裂一样疼痛，心里忧思郁结愁苦不堪。木兰捣碎拌上蕙草，申椒磨碎做成点心。种上江离，栽上菊花，希望到了春天他们可以成为干粮。唯恐无以表白心中的真情，所以反复陈说表明自己的苦心。保持这样的美德我将隐退独处，希望深思熟虑后依然能洁爱自身。

## 涉 江

**【题解】**涉江，渡过江水的意思。《涉江》是楚地的歌曲名，屈原将其借来作为题目。本篇作于顷襄王时期，当时屈原被远放至江南，为了记叙征程、抒写愤懑，屈原写下了这些文字。篇中记述了屈原被流放湘江一带的路途坎坷，处境孤独，穿插了他的所思所感。洪兴祖《楚辞补注》中就讲：“此章言已佩服殊异，抗志高远，国无人知之者，徘徊江之上，叹小人在位，而君子遇害也。”汪瑗《楚辞集解》中讲：“此篇言己行义之高洁，哀浊世而莫我知也。欲将渡湘沅，入林之密，入山之深，宁干愁苦以终穷，而终不能变心以从俗，故以《涉江》名之。”这也是对本篇内容与题旨较好的概括。

余幼好此奇服兮，年既老而不衰①。带长铗之陆离兮②，冠切云之崔嵬③。被明月兮佩宝璐④。世溷浊而莫余知兮⑤，吾方高驰而不顾。驾青虬兮骖白螭⑥，吾与重华游兮瑶之圃⑦。登昆仑兮食玉英⑧，与天地兮同寿，与日月兮同光。哀南夷之莫吾知兮⑨，旦余济乎江湘。

**【注释】**①衰：衰退，懈怠。

②长铗（jiá）：长剑。陆离：形容其所佩带的宝剑很长。

③冠（guàn）：本意指帽子，这里作动词，戴的意思。切云：一种很高的帽子。崔嵬（wéi）：形容高耸的样子。

④被（pī）：通“披”，穿在身上或披在身上。明月：一种夜间可以发光的宝珠，即夜光珠。珮：犹“佩”，佩带。璐（lù）：玉。

⑤溷（hùn）：混乱。

⑥虬（qiú）一种有角的龙。骖（cān）：本义指一车驾三马。又特指驾车时服马两边的马。这里指驾驭车两旁的白螭。螭（chī）：一种无角的龙。

⑦重（chóng）华：古史传说中的五帝之一舜的名号。瑶：美玉。圃（pǔ）：这里的“瑶之圃”或为《离骚》之“县圃”，为神话传说中天帝及众神居住的地方。

⑧昆仑：古代神话传说中西方神山的名称。英：花。

⑨南夷：当时楚国江南一带的少数民族。

**【译文】** 我自小便爱好这些奇装异服，如今进入暮年了依然兴致不减。我腰间佩带着长长的宝剑，头上戴着高高的发冠。身上装饰有明月宝珠，美玉佩戴在我的腰间。但举世混浊而无人能了解我，我自高飞驰骋，不再留恋人间。让有角的青龙驾辕，让无角的白龙拉套，我与舜帝重华同游玄圃美景。登上昆仑山品尝美玉一般的花朵美食，要与天地有一样的寿命，要与日月齐放光明。令人哀痛的是南夷之人并不能理解我，清早我便要渡过湘水，向江南前行。

乘鄂渚而反顾兮①，欸秋冬之绪风②。步余马兮山皋③，邸余车兮方林④。乘舲船余上沅兮⑤，齐吴榜以击汰⑥。船容与而不进兮⑦，淹回水而疑滞⑧。

**【注释】** ①鄂渚（zhǔ）：地名，位于今湖北省鄂州。

②欸（āi）：感叹，叹息。绪风：大风。

③步：使行走。皋：水泽，引申为水边之地。

④邸（dǐ）：停留。方林：面积广大的树林。

⑤舲（líng）船：有蓬窗的小船。上沅：溯沅水逆流而上的意思。

⑥吴榜：船桨。一作“大棹”。汰（tài）：水波。

⑦容与：徘徊不前的样子。

⑧淹：停留，滞留。回水：江中激流回旋而形成的涡流，即漩涡。疑（níng）滞：即“凝滞”，停滞不前。

**【译文】** 登上鄂渚回首远望，慨叹秋冬时节大风凄寒。让马儿在水边高地散步，将车子停靠在大片的林边。乘坐有窗的船上溯沅水，众人划桨，水波流转。船儿徘徊不能前进，逆流之中凝滞不前。

朝发枉陼兮[1]，夕宿辰阳[2]。苟余心其端直兮，虽僻远之何伤。入溆浦余儃佪兮[3]，迷不知吾所如。深林杳以冥冥兮[4]，猨狖之所居[5]。山峻高以蔽日兮，下幽晦以多雨。霰雪纷其无垠兮[6]，云霏霏而承宇[7]。哀吾生之无乐兮，幽独处乎山中。无不能变心而从俗兮，故将愁苦而终穷。

**【注释】**①枉陼（zhǔ）：地名，沅水中的一个河湾，位于辰阳以东，沅水下游，今属湖南省常德市。

②辰阳：地名，汉代有辰阳县，属武陵郡，位于今湖南省辰溪县。

③溆（xù）浦：地名，位于今湖南省溆浦一带，或因溆水而得名，因其位于溆水之滨。

④杳（yǎo）以冥冥：意为幽深晦暗。“杳”与“冥”的意义相近，都是幽暗、昏暗的意思。

⑤猨狖（yuán yòu）：泛指猿猴。

⑥霰（xiàn）：雪珠，小冰粒。

⑦霏霏（fēi）：形容云气很盛的样子。承宇：宇，屋檐。指山中云气旺盛而与屋檐相承接。

**【译文】**早晨从枉陼出发，晚上留宿在辰阳。假如我内心正直无偏，即便流放得再偏远，又有什么可值得感伤？进入溆浦我却徘徊犹豫，心中迷惑不知去往何方。幽深的树林昏暗阴沉，这里只有猿猴群居栖息。山势高耸连太阳都能遮蔽，山下幽深晦暗，连绵阴雨。雪珠雪花纷纷毫无边际，云层浓重以至于能将屋檐连续。哀痛我这一生缺少欢乐，在这山中孤独寂寞。我不能改变志节而追随流俗，自然会愁苦忧闷穷困终生。

接舆髡首兮[①]，桑扈臝行[②]。忠不必用兮，贤不必以[③]。伍子逢殃兮[④]，比干菹醢[⑤]。与前世而皆然兮，吾又何怨乎今之人！余将董道而不豫兮[⑥]，固将重昏而终身[⑦]！

【注释】①接舆：春秋时期楚国著名隐士，姓陆，名通，字接舆。因其佯狂避世，故称楚狂接舆。髡（kūn）首：剃去头发。

②桑扈（hù）：即子桑伯子，鲁人，古代隐士。臝（luǒ）行：臝，同“裸”。意为裸体而行。

③以：用。

④伍子：即伍子胥。逢殃：遭遇灾祸。

⑤比干：殷末纣王的叔伯父，官至少师。菹醢（zǔ hǎi）：肉酱，这里指剁成肉酱，为古代一种酷刑。

⑥董：正。豫：犹豫。

⑦重（chóng）昏：重重昏暗。

【译文】接舆剃掉头发佯狂避世，隐士桑扈裸体而行。忠诚的人不一定都能得到任用，贤人也未必都能发挥自己的才能。岂不见那伍子胥遭遇祸殃，比干也被剁成肉酱。以前的世代都是这样，我又何必怨恨现今的君王。我将正道前行毫不犹豫，哪怕困于黑暗而不见光明。

乱曰[①]：鸾鸟凤皇[②]，日以远兮。燕雀乌鹊[③]，巢堂坛兮[④]。露申辛夷[⑤]，死林薄兮[⑥]。腥臊并御[⑦]，芳不得薄兮[⑧]。阴阳易位[⑨]，时不当兮。怀信侘傺，忽乎吾将行兮！

【注释】①乱：古代乐曲的最后一章，或辞赋末尾总括全篇要旨的一段文字，都被称为“乱”。

②鸾鸟凤皇：古人心目中神异的鸟类，这里比喻贤能之士。

③燕雀乌鹊：均为普通常见的鸟类，这里比喻谗佞的小人。

④巢：鸟窝，此处指搭窝的意思。堂：古代天子及各个诸侯议政、祭祀的朝堂、庙堂。坛：用土筑起的高台。

⑤露申：香木名，即申椒。辛夷：一种香木。

⑥薄：草木丛生的地方。

⑦腥臊：恶臭污秽的气味，此处比喻奸邪小人。御：进用。

⑧薄：靠近，接近。

⑨阴阳易位：易位，交换了位置。比喻当时社会是非不分，君子贤士失了位，奸邪小人反倒得了志。

**【译文】**乱辞称：鸾鸟凤皇这样的神圣之鸟，一天天地远飞而难找。燕雀乌鹊这样的平凡之鸟，却在庙坛之上搭窝筑巢。露申辛夷这样的香草香木，都在杂树丛中枯死凋零。腥臊恶臭得以挥发，反倒受到君王的重用。阴阳颠倒的时代，令我生不逢时。怀抱忠信却失意彷徨，我怅然迷惘，终将继续前行他方。

## 哀 郢

**【题解】**《哀郢》描述的是屈原对楚国都城郢都的思念与哀痛，为屈原在顷襄王时期所做。公元前278年春，郢都被秦将白起攻破，顷襄王遂东迁于陈，一时间国中百姓流离失所、妻离子散。屈原在流放江南陵阳时创作了这一首作品，当时他久被流放，怀念宗国之情日渐炽烈，怀王入秦不返，顷襄王新立，一时间楚国各派纷争不断，秦国大兵压境，更让百姓人心惶惶。屈原面对这社稷难保的时局，内心悲愤不已，一边是痛惜自己空有济世之才却无从施展，一边是对郢都的悲哀难舍的心情。同时也表达了对腐败误国的谗言之人的痛恨，对偏听偏信的楚王的痛惜与无奈。

皇天之不纯命兮①，何百姓之震愆②？民离散而相失兮③，方仲春而东迁④。去故乡而就远兮，遵江夏以流亡⑤。出过门而轸怀兮⑥，甲之鼂吾以行⑦。

**【注释】**①皇天：皇，美大。在古人的思想观念中，天占有至高无上的主宰且神圣的地位，以“皇”来修饰，是古人对天的尊称。

②百姓：指楚国的贵族。震：震动。愆（qiān）：遭罪，罪过。

③民：普通百姓。

④仲春：阴历二月。

⑤夏：古水名，夏水，由长江分流而出，注入汉水，今已堙没。

⑥国：国都、京城的意思。轸（zhěn）：痛，哀痛。

⑦甲：甲日。古代以十天干来记日。鼂（zhāo）：通“朝”，早晨。

**【译文】**天命如此反复无常，何以让宗亲贵族们如此惊慌？百姓流离失所，亲人失散，就在仲春二月，纷纷向东边逃难。离开故土漂流远方，沿着江水夏水一路流亡。走出郢都城门，便更加迫切思念故土，甲日的早晨我启程上路。

发郢都而去闾兮①，荒忽其焉极②？楫齐扬以容与兮③，哀见君而不再得。望长楸而太息兮④，涕淫淫其若霰⑤。过夏首而西浮兮⑥，顾龙门而不见⑦。心婵媛而伤怀兮⑧，眇不知其所蹠⑨。

**【注释】**①闾（lǘ）：本义为里巷的大门，这里应是指楚国贵族“昭”、“屈”、“景”三氏聚居的所在，即“三闾”。

②荒忽：神思恍惚的样子。

③楫：船桨。容与：形容船徘徊不进的样子。

④长楸（qiū）：即高大的梓树。太息：长声叹息。

⑤淫淫：形容泪流不止的样子。

⑥夏首：夏水从长江分流而出的地方。西浮：从西面顺水漂流。

⑦龙门：郢都的东城门。

⑧婵媛：眷恋，牵挂。

⑨眇（miǎo）：远。蹠（zhí）：踩，踏，落脚。

**【译文】**从郢都出发离开故土，神思恍惚到底该去向何处？大家一起划桨，航船徘徊前行，哀痛的是不能再见君王。看到那故国的乔木我长声叹息，眼泪就如雪珠一样不住流淌。船渡过夏浦向东飘荡，回头再看郢都龙门早已难觅踪迹。内心牵挂不舍而难掩哀伤，前路遥远不知在何方落脚。

顺风波以从流兮，焉洋洋而为客①。凌阳侯之氾滥兮②，忽翱翔之焉薄③。心絓结而不解兮④，思蹇产而不释⑤。将运舟而下浮兮⑥，上洞庭而下江⑦。去终古之所居兮⑧，今逍遥而来东⑨。

**【注释】**①焉：于是。洋洋：形容漂泊不定的样子。

②凌：乘，凌驾。阳侯：传说中司掌波浪的神，这里指由其所掀起的波浪。氾滥：形容大水漫流的样子。

③薄：停留，止息。

④絓（guà）结：形容内心情感郁结牵缠而愁苦烦闷的样子。

⑤蹇产：形容情思屈曲而无法舒展的样子。

⑥下浮：顺着江流而向下游漂浮。

⑦上洞庭而下江：指船行至洞庭湖汇入长江时的情景，若船南向行驶进入洞庭湖就是逆流而上，以进入沅湘水系，若是东向沿长江行驶就是顺流而下。

⑧终古之所居：楚国历代先祖自古以来便居住的地方，即郢都。

⑨逍遥：飘荡，流落。

**【译文】**顺风漂流在江河之上，四海漂泊沦落他乡。乘着水神掀起的滔滔巨浪，船就像孤雁一般不知该向何处翱翔。心乱如麻郁结难开，情丝纠缠怎能令人心思舒畅。我将驾船顺流漂浮而下，自洞庭一路下流入长江。离开先人世代居住的土地，而今漂泊流落来到东方。

羌灵魂之欲归兮①，何须臾而忘反。背夏浦而西思兮②，哀故都之日远。登大坟以远望兮③，聊以舒吾忧心。哀州土之平乐兮④，悲江介之遗风⑤。当陵阳之焉知兮⑥，淼南渡之焉如⑦？曾不知夏之为丘兮⑧，孰两东门之可芜⑨？

**【注释】**①羌：楚地方言，句首发语词。

②夏浦：即夏口，今汉口。西思：思念西方郢都的意思。

③坟：江中岛屿沙洲。

④州土：荆楚大地。平乐：土地平坦富饶，人民安居乐业。

⑤介：间。一说是边上、侧畔的意思。遗风：楚国先人时代流传下来的美好风习。

⑥当：到达。陵阳：地名，《汉书·地理志》记载，丹扬郡陵阳县，位于今安徽省青阳市南。

⑦淼：水面阔大无边的样子。南渡：向南渡过大江而登岸抵达陵阳。

⑧夏：高大的房屋。丘：废墟。

⑨东门：郢都东城门，也就是上面提到的“龙门”。

**【译文】**灵魂想要回归故土，何尝有片刻忘记回到故乡？离开夏口思念郢都，悲哀距离故都日渐远茫。登上沙洲举目远眺，姑且借此来疏散我内心的忧伤。哀怜荆楚大地曾有过的富饶安乐，悲叹江边姑苏遗风能否久长。抵达陵阳之后又该去向何处？江水浩淼又将南渡到何方？高大的宫殿楼台是否已经变成了废墟，谁能料到郢都东门也会如此荒凉？

心不怡之长久兮，忧与愁其相接。惟郢路之辽远兮，江与夏之不可涉。忽若不信兮[①]，至今九年而不复。惨郁郁而不通兮[②]，蹇侘傺而含戚[③]。外承欢之汋约兮[④]，谌荏弱而难持[⑤]。忠湛湛而愿进兮[⑥]，妒被离而鄣之[⑦]。

**【注释】**①忽：迷惘，恍惚。不信：当作“去不信”。去，离开。信，两天，形容时间很短。

②惨：忧愁。郁郁：形容忧愁的样子。不通：指心情忧愁烦闷、郁结不畅。

③蹇（jiǎn）：句首发语词。

④汋（chuò）约：本指柔美的样子，这里形容小人谄媚的样子。

⑤谌（chén）：确实，实在。荏（rěn）：弱，软弱。

⑥湛湛：厚重。

⑦被离：分离，离散。鄣：壅蔽，阻塞。

**【译文】**心中长久的不快，旧愁之上又添新愁。想到回郢都的路如此遥远，江水夏水已经将归途隔断。恍惚中似乎刚刚离开故土，哪知道已有九年未曾返还。郁积的思绪难以通解，惆怅失落失意满腔。小人们表面上奉承君王，那一副媚态其实软弱难持。忠心耿耿想要有所作为，却有谗佞小人从中阻挠。

尧舜之抗行兮①，瞭杳杳而薄天②。众谗人之嫉妒兮，被以不慈之伪名③。憎愠惀之修美兮④，好夫人之忼慨⑤。众踥蹀而日进兮⑥，美超远而逾迈⑦。

**【注释】**①抗：高，高尚。

②瞭：明。杳杳：高远的样子。薄：迫近，靠近。

③被（pī）：加。不慈：不爱自己的儿子，指尧舜禅让天下给他人，而不给自己的儿子。伪名：与事实不符的名声。

④愠惀（yùn lǔn）：形容怨思积累于心的样子，就忠贞君子而言。

⑤夫（fú）人：指谗佞小人。忼（kāng）慨：即“慷慨”，形容情绪激昂奋发的样子。

⑥众：指表面上故作慷慨之态的谗佞小人。踥蹀（qiè dié）：奔走，小步趋进的样子。

⑦美：忠贤君子。超：远。逾：跃进，行进。迈：远走高飞。

**【译文】**圣王尧舜德行高尚，明智高远直逼苍穹。谗佞小人心怀嫉妒，竟给他们加上不慈的恶名。君王嫌弃正直的君子，却偏好小人的巧言令色。谗人献媚可以日日高升，忠臣贤士却反被疏远，理解不能。

乱曰：曼余目以流观兮①，冀壹反之何时？鸟飞反故乡兮，狐死必首丘②。信非吾罪而弃逐兮，何日夜而忘之？

**【注释】**①曼：本义是引而使长，这里指张大双眼。流观：四处观看。

②鸟飞以下两句：此为当时流行的成语。鸟飞虽远，但终将返回故乡；狐狸死时，头必然朝向其所出生的山丘。比喻对故土的深厚而炽烈的爱恋之情。

**【译文】**乱辞称：睁大我的眼睛环顾周围，盼望什么时候能有回归的可能？鸟儿远飞终究要回到故林，狐狸死时头也必定会朝着出生的丘岗。我确实无罪却遭流放，怎会有一日一夜将故乡遗忘？

## 抽 思

**【题解】**《抽思》取自少歌部分的首句“与美人之抽思兮”中的“抽思”两个字。这一篇作于楚怀王后期，当时屈原第一次被流放到汉北，与创作《离骚》的时间相近。蒋骥《山带阁注楚辞》认为：“抽，拔也。抽思，犹言剖露其心思，即指上陈之耿著言。”也就是剖陈心迹、将内心郁结的情思都抒发出来的意思。

当时屈原被怀王疏远，独自在汉北蛰居，但仍然忧心国事，关注郢都，《抽思》表达的就是这样一种对国家的关心以及想要回归的恳切渴望之情，同时也表达了他心系怀王，但心境却又无法上达的愁苦。

心郁郁之忧思兮①，独永叹乎增伤。思蹇产之不释兮②，曼遭夜之方长。悲秋风之动容兮③，何回极之浮浮④。数惟荪之多怒兮⑤，伤余心之忧忧。愿摇起而横奔兮⑥，览民尤以自镇。结微情以陈词兮，矫以遗夫美人⑦。

**【注释】**①郁郁：忧愁的样子。

②蹇产：情思屈曲而不得舒展的样子。

③动容：容，即“搈”，动。动容就是动摇的意思。

④回极：回旋的天极。浮浮：变动不定的样子。

⑤数（shuò）：多次，频频。惟：思。荪：一种香草，此处比喻君王。

⑥摇起：迅速起身、跃起。横奔：大步流星地疾急奔跑。一说为不顾路径乱跑。

⑦矫：举起。美人：此处代指怀王。

**【译文】**心中的忧愁思绪无比烦乱，独自长叹又徒增悲伤。情思郁结不得疏解，长夜漫漫睡意全无。哀叹秋风猛烈将那外物撼动，竟然使得回旋的天极也跟着变动不定。屡屡想起君王多怒的情形，让我内心的伤心愁苦越发无边无际。想要迅速起身大步疾跑，可看到百姓苦难却又镇定自忍。将那细微情思总结言词，面向君王我要表达心意。

昔君与我诚言兮[①]，曰黄昏以为期[②]。羌中道而回畔兮[③]，反既有此他志。憍吾以其美好兮[④]，览余以其修姱[⑤]。与余言而不信兮[⑥]，盖为余而造怒[⑦]。愿承间而自察兮[⑧]，心震悼而不敢[⑨]。

**【注释】**①诚言：诚，当作“成”，定的意思。成言就是已经约定好的言语。

②黄昏：古代迎娶新娘多在黄昏时分，这里是以男女婚娶关系来比喻君臣之间的关系。

③回畔：畔，通“叛”。改道，背弃契约。

④憍（jiāo）：同“骄”，骄傲，矜夸。

⑤览：向他人展示。修姱（kuā）：美好。

⑥不信：不守信用，不可靠。

⑦盖（hé）：通“盍”，何以，为什么。

⑧间（jiàn）：间隙，机会。自察：自我表白。

⑨震悼：内心惊恐的样子。

**【译文】**从前您与我相互约定，将佳期定于黄昏时分。可中途您却无故反悔，只因您已经有了他心。您向我炫耀他人的美好，对我展示他无比的才能。我希望找机会表白自己，可是心里却惊惧不已不敢随意。

悲夷犹而冀进兮[①]，心怛伤之憺憺[②]。兹历情以陈辞兮[③]，荪详聋而不闻[④]。固切人之不媚兮[⑤]，众果以我为患[⑥]。初吾所陈之耿著兮[⑦]，岂至今其庸亡[⑧]？

**【注释】**①夷犹：犹豫。进：进言。

②怛（dá）：痛苦，忧伤。憺憺（dàn）：因为忧惧惊恐而心情动荡不安的样子。

③兹历：应作“历兹”。历，陈列，列举。兹，此。

④详（yáng）：通“佯”，假装。

⑤切（qiè）：正直，恳切。媚：谄媚，讨好。

⑥众：这里指与屈原对立，专门以谄媚君王为能耐的谗佞小人。

⑦耿著：光明，明白。

⑧庸：乃，遂，很快。亡：忘。

**【译文】**悲伤而又犹豫，希望能向您进言，但心中痛苦又胆战心寒。历数心事来进行陈辞，但君王您却假装听不见。原本正直的人，本身就不会谄媚逢迎，一众小人便将我当成了祸患。当初我所说的话明确而显著，难道如今您竟然全部忘却？

何毒药之謇謇兮[①]，愿荪美之可完[②]。望三五以为像兮[③]，指彭咸以为仪④。夫何极而不至兮，故远闻而难亏⑤。善不由外来兮，名不可以虚作。孰无施而有报兮，孰不实而有获？

**【注释】**①何毒药之謇謇兮：当作“何独乐斯之謇謇兮”。謇謇，形容忠贞切直的样子。

②完：应为“光”，发扬光大。

③三五：“三”指禹、汤、周文王这三王；“五”指春秋五霸。一说指三皇五帝。像：法式，榜样。

④彭咸：传说为殷商时期的贤人。仪：法式。

⑤闻：名声，声誉。亏：缺失，消歇。

**【译文】**为什么我总是如此忠贞耿直？就是希望您的美德能发扬光大，愈加辉煌。您将三王五霸当成自己的榜样，那么我便以古贤彭咸为自己的楷模。如果真是如此，还有什么样的目标是实现不得的？从此美名远播势必永世流芳。美善并非自外在而生成，名声也不靠虚假做作。谁能不施与便有回报？谁又能不播种便能收获果实？

少歌曰①：与美人抽怨兮②，并日夜而无正③。憍吾以其美好兮，敖朕辞而不听④。

**【注释】**①少歌：即《荀子·赋篇·佹诗》的“小歌”，为古代乐章结构的组成部分，对前一部分的内容起到小结、收束的作用。

②怨：朱熹《楚辞集注》本作“思”。

③并日夜：并，合。即夜以继日，日夜不分。无正：无从论证，没法判断是非。

④敖：同“傲”。

**【译文】**少歌说：向君王来表白心意，夜以继日都无从评判。他总是自恃美好自我感觉良多，将我的真情直言傲慢地抛在一边。

倡曰[①]：有鸟自南兮[②]，来集汉北[③]。好姱佳丽兮，牉独处此异域[④]。既茕独而不群兮[⑤]，又无良媒在其侧[⑥]。道卓远而日忘兮[⑦]，愿自申而不得。望北山而流涕兮[⑧]，临流水而太息。

**【注释】**①倡：同“唱”，古代乐章的结构组织形式之一，作用为发端启唱。

②鸟：屈原将自己比喻为鸟。南：这里指郢都。

③汉北：汉水以北的地方，屈原当时被迁至此。

④牉（pàn）：分离，离别。异域：他乡，这里指汉北所迁之地。

⑤茕（qióng）：孤独。

⑥良媒：这里指可以为屈原和怀王之间进行关系沟通的人。

⑦卓：同“逴（chuō）”，远。日忘：指被怀王一天天地淡忘。

⑧北山：应为郢都附近的山，或是郢都纪南城北的纪山。

**【译文】**唱道：有只鸟儿自南方而来，栖息于汉北之地。容貌美好清丽动人，离别家乡在这异地离群而居。不仅形单影只独来独往，而且还没有良媒在其身旁扶持。一路远途渐渐为人所遗忘，想要自己陈说却没有这个机会。望着北山独自垂泪，面对流水长声叹息。

望孟夏之短夜兮[①]，何晦明之若岁[②]！惟郢路之辽远兮，魂一夕而九逝[③]。曾不知路之曲直兮，南指月与列星[④]。愿径逝而未得兮[⑤]，魂识路之营营[⑥]。何灵魂之信直兮，人之心不与吾心同！理弱而媒不通兮[⑦]，尚不知余之从容[⑧]。

【注释】①孟夏：阴历四月，初夏时节。

②晦明之若岁：晦明，从黑夜道白昼。形容度日如年，难以入眠。

③一夕而九逝：夕，晚上。逝，去，往。灵魂在一夜之间多次前往郢都，表达了屈原对郢都的刻骨思念。

④南指月与列星：由汉北往南去往郢都的路上，靠着月亮与群星来辨认方向。

⑤径逝：径直而去，一直往前，指返回郢都。

⑥识(zhì)：辨认。营营：形容来回走动的样子。

⑦理：媒人，媒介，借喻引进、帮忙者。

⑧从容：举动，行动。

【译文】初夏的夜晚原本短暂，可怎奈我却度日如年。想起回郢都的路途如此遥远，只得灵魂一夜间来往不断。不知道那条道路是曲是直，只能靠着星月指认南去的方向。想要一路前往郢都，却不为君王所接纳，只有灵魂整夜识路奔忙。这灵魂如此忠信正直，他人的心思与我的心思自然不同！使者媒人没法予以我帮助，还能有谁知晓我的言行思想。

乱曰：长濑湍流[①]，溯江潭兮[②]。狂顾南行[③]，聊以娱心兮。轸石崴嵬[④]，蹇吾愿兮[⑤]。超回志度[⑥]，行隐进兮[⑦]。低佪夷犹，宿北姑兮[⑧]。

【注释】①濑(lài)：沙石滩上的水流。湍(tuān)：急流。

②溯(sù)：逆流而上。潭：水深的地方。

③狂顾：狂，心情迷茫，所以其行动近乎疯狂。狂顾就是心神迷乱而

左右顾盼。

④轸：通“畛”，田间道路。崴嵬（wēi wéi）：形容石头高低不平的样子。

⑤蹇：通“謇”，使……艰难。

⑥超回：徘徊。志度：通“踟躕”，也就是踟蹰，徘徊不前。

⑦隐进：指一点点前进。

⑧北姑：大约为汉北一带的地名。

**【译文】**乱辞说：长长的沙石滩上流水湍急，沿着江水逆流直上。心神迷乱顾盼南往，聊以自娱来抚慰我的心伤。一路怪石高低不平，我回家的路途如此艰难不畅。徘徊踟蹰，慢慢前进，迟疑犹豫，暂且在这北姑停宿。

烦冤瞀容[①]，实沛徂兮[②]。愁叹苦神[③]，灵遥思兮。路远处幽，又无行媒兮。道思作颂[④]，聊以自救兮。忧心不遂，斯言谁告兮。

**【注释】**①烦冤：形容心中忧愁烦闷的样子。瞀（mào）容：应为“瞀㝐”，瞀，乱。容，通“㝐”，不安。指心情烦乱不安。

②沛徂（cú）：徂，去往。即颠沛困苦地前行。

③苦神：损伤精神。

④道：通“导”，表达，表述。颂：即指本文。

**【译文】**忧愁烦闷，颠沛困苦地前行。忧愁叹息，黯然神伤，我的灵魂在思念着故乡。路途遥远，所居幽僻，哪里又有能人来为我通报传诉衷肠。一路哀思作成这首歌词，聊作自我悲伤的解脱。忧郁的心情始终不得舒畅，这些话又能向谁去倾诉。

# 怀 沙

**【题解】**《怀沙》这个名字，有两种说法：一种认为，“沙”是“沙石”，“怀沙”就是怀抱沙石而自沉的意思。如朱熹说：“言怀抱沙石以自沈也。”另一种说法认为，“沙”为“长沙”，蒋骥便说：“‘怀沙’之名，与‘哀郢’、‘涉江’同义。”所以“怀沙”就是“怀念长沙”的意思。明代汪瑗也在《楚辞集解》中说：“世传屈原自投汨罗而死，汨罗在今长沙府。……怀者，感也。沙指长沙。题《怀沙》云者，犹《哀郢》之类也。”长沙为楚国始祖熊绎始封之地，是楚先王的旧居，怀沙便也体现了屈原的宗国故土情结。

这一诗篇的时间，距离屈原投水而死的时间很近，篇中重申自己虽然屡受打击但志节不改，同时也批判了楚国混乱颠倒的政治与社会，因为谗佞当道、国君昏聩，导致国中“人心不可谓”，屈原对此形势已经感到了深深的绝望。而且篇中死志已坚，愤慨与悲哀表达得更为激切。

**滔滔孟夏兮①，草木莽莽②。伤怀永哀兮，汩徂南土③。眴兮杳杳④，孔静幽默⑤。郁结纡轸兮⑥，离慜而长鞠⑦。抚情效志兮，冤屈而自抑。**

**【注释】**①滔滔：这里形容夏季暑热之气旺盛的样子。

②莽莽：这里形容草木茂盛的样子。

③汩（yù）：快速地行走。徂：去，往。

④眴（xuàn）：通“瞬”，看。杳杳：昏暗，幽深。

⑤孔：很，甚。幽：幽深，深沉。默：寂静无声。

⑥郁结：形容心中忧郁的情思缠绕积聚的样子。纡轸（yū zhěn）：形容内心情感扭曲而伤痛的样子。

⑦愍（mǐn）：哀痛，悲哀。鞠（jū）：困苦。

**【译文】**四月初夏，暑热强烈，草木旺盛葱郁。心情伤感，哀思绵长，匆匆又向南迁。眼中前途一片昏暗幽深，四周静谧，万籁寂静。内心愁绪纠结痛苦，遭受忧患，困苦无边。扪心自问，评析心意，暗自压抑内心沉冤。

刓方以为圜兮[①]，常度未替。易初本迪兮[②]，君子所鄙。章画志墨兮[③]，前图未改。内厚质正兮，大人所盛[④]。

**【注释】**①刓（wán）：削，剜刻。圜：同“圆”，圆形。

②本迪：本来的路径。

③章：明。画：规划，计划。志：记。墨：即绳墨，木工画直线用的工具。

④大人：有三种说法：君子，居高位的人，有圣德的人。

**【译文】**将方的木头削成圆的，正常的法度不能被废弃，改变本心更替常道，这向来为正直的人所鄙薄不齿。明确的规划、规矩的原则都应明确牢记，前人的法度不能被更改变易。内心敦厚品格方正，这才为前代圣贤赞叹不已。

巧倕不斫兮[①]，孰察其拨正[②]。玄文处幽兮，矇瞍谓之不章[③]。离娄微睇兮[④]，瞽以为无明[⑤]。变白以为黑兮，倒上以为下。凤凰在笯兮[⑥]，鸡鹜翔舞[⑦]。同糅玉石兮[⑧]，一概而相量[⑨]。

**【注释】**①倕（chuí）：人名，相传为上古尧舜时期的一名巧匠，善做弓、耒、耜等工具。斫（zhuó）：砍，削。

②察：知道，了解。拨：弯曲。

③矇瞍（méng sǒu）：瞎子。

④离娄：古代传说中视力超强的人。睇（dì）：眼睛微睁着看。

⑤瞽（gǔ）：瞎子。

⑥笯（nú）：笼子。

⑦鹜（wù）：鸭子。

⑧糅（róu）：错杂，混杂。玉石：玉，比喻德行端正的君子；石，比喻谗佞小人。

⑨一概而相量：概，古代称量米粟等时用来刮平斗斛的木板，这里引申为标准、尺度。意思就是用一个度量衡标尺来衡量，比喻善恶不分。

**【译文】**像倕那样的能工巧匠，若是不用工具砍砍削削，谁又能知道取值标准呢？黑色花纹隐藏在暗处，人们便像瞎子一样说它不漂亮。离娄眯着眼睛看东西，盲人认为他没眼力。把白的变成黑的，将上下倾覆颠倒。凤凰被关进笼子里，鸡鸭却肆意飞舞。美玉与顽石混在一起，却使用同一个标准来衡量。

夫惟党人鄙固兮，羌不知余之所臧[①]。任重载盛兮，陷滞而不济。怀瑾握瑜兮[②]，穷不知所示。邑犬之群吠兮[③]，吠所怪也。非俊疑杰兮[④]，固庸态也。文质疏内兮[⑤]，众不知余之异采。材朴委积兮[⑥]，莫知余之所有。

**【注释】**①臧（cáng）：指自己所具备的美好品质。

②瑾：美玉。

③邑：城镇，城市，人口聚居的地方。

④非俊疑杰：非，毁谤，诋毁。俊、杰，都是才能出众、智识过人的意思。

⑤文质：外在和本质。疏：疏阔，阔略，没有太多繁文缛节。内（nè）：木讷，不善言辞。

⑥材朴：可以使用的木材、木料，此处比喻人的才干。委积：堆积。

**【译文】**结党营私之徒卑鄙顽劣，不知道我内在的纯洁高尚。背负着时代赋予的沉重负担，我陷入困境而难以担当。尽管我珍藏了美玉宝石，可是身处困境也并不知道应该向何人展示。城里的狗狂叫乱嚷，是因为它们见到了怪异之象。毁谤英雄、质疑贤才，本就是庸人们惯用的伎俩。我外表质朴而禀性木讷，众人并不知道我的才能非常。如此栋梁之才却被堆积一旁，人们哪里知道我潜在的力量。

重仁袭义兮①，谨厚以为丰。重华不可遌兮②，孰知余之从容③！古固有不并兮④，岂知其何故？汤禹久远兮，邈而不可慕⑤。

**【注释】**①重（chóng）：积累，重叠。袭：重累，重叠。

②遌（è）：遇。

③从容：行为，举动。

④不并：指圣君与贤臣没有生在一个时代。

⑤邈（miǎo）：远。慕：仰慕，思念。

**【译文】**重视品德的积累，不断培养忠义，谨慎敦厚，并加强修养。圣王重华已经不能再遇到了，那还能有谁理解我的言行举动！明君贤臣自古便生不同时，又有谁知道这是什么原因？汤禹距今已经太久远了，以至于远得让人无从表达思慕之情。

惩连改忿兮[①]，抑心而自强。离慜而不迁兮[②]，愿志之有像[③]。进路北次兮，日昧昧其将暮[④]。舒忧娱哀兮[⑤]，限之以大故[⑥]。

**【注释】**①惩：止住。连：当从《史记·屈原贾生列传》作"违"，恨的意思。

②慜：同"愍"，祸难。

③像：法则，榜样。

④昧昧：形容昏暗的样子。

⑤舒忧娱哀：舒散，发泄忧愁，使悲哀的情绪快乐起来。

⑥限：限度，期限。大故：死亡。

**【译文】**克制心中的怨恨，不再充满愤怒，平抑内心来进行自我勉励。饱受忧患也不曾改变，希望志节能有所归依。顺着道路向北进发，天色昏暗暮色渐沉。若想要舒展愁眉消除悲伤，那么最好的方法就是死亡。

乱曰：浩浩沅湘，分流汩兮[①]。修路幽蔽，道远忽兮[②]。怀质抱情，独无匹兮。伯乐既没[③]，骥焉程兮[④]。万民之生，各有所错兮[⑤]。定心广志，余何畏惧兮？曾伤爰哀[⑥]，永叹喟兮[⑦]。世溷浊莫吾知，人心不可谓兮。知死不可让，愿勿爱兮。明告君子，吾将以为类兮[⑧]。

**【注释】**①汩（gǔ）：水流湍急的样子。

②忽：荒忽，茫茫辽远扩大的样子。

③伯乐：古代传说中善于识别、挑选马匹的人。没（mò）：通“殁”，死亡。

④骥：好马，良马。程：衡量，测量。

⑤错：安置。

⑥曾：重累。爰：哀伤不止。

⑦喟（kuì）：叹息。

⑧类：法则，标准，榜样。

**【译文】**乱辞说：沅湘之水无比阔大，一日千里湍急奔流。长路漫漫，阴暗多阻，前途遥远，苍茫无际。内心秀美，品格坚贞，这是他人无可匹敌。伯乐已死，又该如何衡量好马？万民降生，都各自有自己的命运。我只能安下心来，放宽胸襟，还有什么值得我畏惧。满腹哀伤无休无止，这心情让我叹息不尽。世间浑浊黑暗，无人能了解，人心叵测，也令人无话可说。既然死亡已经不可避免，我对生命也不愿再多吝惜。光明磊落的先贤啊，我将以你们为榜样，会永远与你们在一起。

## 思美人

**【题解】**《思美人》的题目由篇首语“思美人兮，擥涕而伫眙”而来。这其中的“美人”，后人多认同王逸《楚辞章句》中的“怀王”之说，“美人”指“怀王”。“思美人”，王逸所言便是“言己忧思，念怀王也”的意思。全篇都抒发了自己对君王的思念，同时又表达了没有表白机会、无法接受以俗邀宠这种变节的怨念，也更坚定了屈原自身始终坚守告诫人格与美政理想、宁死不变节的坚贞信念。

**思美人兮，擥涕而伫眙[①]。媒绝路阻兮[②]，言不可结而诒[③]。蹇**

蹇之烦冤兮④，陷滞而不发⑤。申旦以舒中情兮⑥，志沉菀而莫达⑦。愿寄言于浮云兮，遇丰隆而不将⑧。因归鸟而致辞兮，羌宿高而难当⑨。

**【注释】**①擥（lǎn）涕：擥，同“揽”。擦干、收起眼泪。伫眙（zhù chì）：久久站立，注视前方。

②媒绝：绝，断绝。指自己孤单一人，无人能帮助自己与君王沟通。路阻：比喻自己与君王之间存在隔阂，无法互相了解、沟通。

③诒（yí）：赠送。

④蹇蹇（jiǎn）：忠心正直貌。一说形容情绪滞塞、郁结而不通畅的样子。烦冤：形容心情烦乱而郁积不得发泄的样子。

⑤陷滞而不发：指愁闷烦乱的情绪郁积于内，无法发泄舒散。

⑥申旦：从晚上到天亮，通宵达旦。中情：内心情感。

⑦沉菀（yùn）：形容心思郁积而不通的样子。

⑧丰隆：古代神话传说中云神的名号。不将：不听从命令。

⑨宿：当作“迅”，即速度快。当：遇到。

**【译文】**无比思念我那美人，擦干眼泪久久伫立，望眼欲穿。没人能帮忙说合，这路途多有险阻，想要对君王您说话，却又无法言讲。正直敢言为我带来烦闷忧愁，这缠结的心思滞留在心难以抒发，无以解忧。通宵达旦都想要申明内心情感，但心情沉闷压抑却又难以表明。想要拜托浮云来帮我传递话语，但那云神却并不肯听我讲请。想要依靠归鸟来为我传辞，但它飞得又高又快，转眼便已不见踪影。

高辛之灵盛兮①，遭玄鸟而致诒②，欲变节以从俗兮，愧易初而屈志。独历年而离愍兮③，羌冯心犹未化④。宁隐闵而寿考兮⑤，何变易之可为！知前辙之不遂兮[⑥]，未改此度。车既覆而马颠兮，蹇独怀此异路[⑦]。

**【注释】**①高辛：五帝之一帝喾的名号。灵盛：神灵旺盛充沛。

②玄鸟：燕。致诒：诒，指礼物。传送礼物。

③离愍（mǐn）：遭遇忧愁。

④冯（píng）：愤怒，愤懑。

⑤隐闵：隐忍忧闵。寿考：终身，老死。

⑥前辙：前面、未来的道路。遂：通达，顺利。

⑦蹇：通“謇”，句首发语词。异路：与世俗之人不同的道路。

**【译文】**高辛的神灵如此旺盛充沛，就连玄鸟都对他送去礼物。想要改变志节随波逐流，但会辱没最初的理想节操，而令我心生愧疚。独自多年承受这忧痛煎熬，一腔愤懑丝毫没有减轻。知道以前的事并不那么顺利，但也不愿意改变自己坚定的原则态度。尽管车已翻、马已倒，我依然坚持这与众不同的道路。

勒骐骥而更驾兮[①]，造父为我操之[②]。迁逡次而勿驱兮[③]，聊假日以须时。指嶓冢之西隈兮[④]，与纁黄以为期[⑤]。开春发岁兮，白日出之悠悠。吾将荡志而愉乐兮[⑥]，遵江夏以娱忧[⑦]。揽大薄之芳茝兮[⑧]，搴长洲之宿莽[⑨]。

**【注释】**①勒：本义为套在马首上的笼头，这里解释为驾驭、控制。骐骥：一种骏马的名称。

②造父：周穆王时善于驾车的人。操：执辔驾车。

③迁：迁延不进的样子。逡（qūn）次：徘徊不前的样子。

④嶓冢（bō zhǒng）：山名。大约是蜿蜒于陕甘交界处的山脉名称，是汉水的发源之处。隈（wēi）：山崖。

⑤纁（xūn）黄：日落、黄昏的时候。

⑥荡志：荡，放荡，放纵。放纵情思，开怀。

⑦娱忧：排解忧愁。

⑧擥：摘取，拿取。薄：草木丛生的地方。茝（zhǐ）：香草名，即白芷。

⑨搴：拔取。长洲：洲，沙洲，岛屿。长洲就是形状长而大的沙洲。宿莽：一种越冬生长的草本植物，或即卷葹草。

**【译文】**重新驾起骏马拉起的车，为我赶车的是那能手造父。要他慢慢前行不必性急疾驰，姑且偷闲等待一个时机。车子向着嶓冢之西驰去，以黄昏时分确定相见之期。春天到来是新年的开始，白天的时日日渐增长。我将放纵情思寻找快乐，沿着江水、夏水消解忧愁之意。摘下丛林中芬芳的白芷香草，拔取大沙洲上生长的宿莽。

惜吾不及古人兮，吾谁与玩此芳草？解萹薄于杂菜兮[①]，备以为交佩[②]。佩缤纷以缭转兮，遂萎绝而离异。吾且儃佪以娱忧兮[③]，观南人之变态[④]。窃快在中心兮，扬厥凭而不竢[⑤]。芳与臭其杂糅兮，羌芳华自中出[⑥]。纷郁郁其远承兮[⑦]，满内而外扬。情与质信可保兮[⑧]，羌居蔽而闻章。

**【注释】**①萹（biān）薄：萹，萹蓄，一名萹竹。薄，丛生的杂草。萹薄就是丛生的萹蓄。

②交佩：两两相交的佩饰物。

③儃佪：徘徊不前的样子。

④南人：郢都以南的人。

⑤凭：愤懑，愤怒。竢（sì）：等待。

⑥芳华：即芬芳的花朵。自中出：从里面凸显出来。

⑦纷：疑当作“芬”，芳香之气。郁郁：这里形容香气浓郁的样子。远承：指香气向远处飘散。“承”即“烝”，气味向外飘扬发散。

⑧情：指人的外在感情。质：指人的内在本体的特质，也就是本质。

**【译文】**可惜我没有生在古圣先贤的时代，如今又能与谁一起欣赏这花草的芳香？采摘丛生的萹蓄杂菜，备置左右相交的佩饰。它们缤纷缠绕好看一时，但不久便已凋谢枯败，只得丢弃一旁。我暂且在这里徘徊闲行，消解内心愁闷，瞧瞧这些南方人不正常的情态。内心暗自洋溢着一丝快意，要将愤懑丢开，我决定不再等待。虽然芳香与污浊混在一起，但花香总不会被恶臭掩盖。浓郁的香气会远远散发出去，馥郁的香气将会充满内外。我的内外若能真的保持如一，那么即便处境恶劣，却也能名声显扬出去。

令薜荔以为理兮[①]，惮举趾而缘木。因芙蓉而为媒兮，惮蹇裳而濡足[②]。登高吾不说兮[③]，入下吾不能。固朕形之不服兮，然容与而狐疑。广遂前画兮[④]，未改此度也。命则处幽[⑤]，吾将罢兮[⑥]，愿及白日之未暮[⑦]。独茕茕而南行兮[⑧]，思彭咸之故也。

**【注释】**①薜荔：一种缠绕着树木生长的藤本植物，是一种香草。理：媒人，媒介。

②蹇（qiān）：通“褰”，提起。濡（rú）：沾湿，浸湿。

③说：通“悦”，喜爱，喜欢。

④广遂：遂，道路。广遂是多方求实的意思。前画：画，分布。前画是以往的志向。

⑤处幽：居处于幽暗僻远的地方，这里指屈原被疏远而遭到驱逐，此后居住到了汉北荒凉之地。

⑥罢：休止，作罢。一通“疲”，指疲乏，疲劳。

⑦白日之未暮：比喻尚有时日，要抓紧时间，及时有所作为。

⑧茕茕：形容孤独的样子。

**【译文】**想要薜荔做我的信使，却又不想抬脚攀援树木。想要让荷花帮我去说合，又不愿提裳下水采摘。向高处攀爬令我不悦，下水沾湿也并非我愿。原本就是我的形貌与当世不适应，我却依然犹豫不决上下徘徊。命中注定要在幽僻之地居住。多方求证以往的志向，我依然不改一贯的法度。命里注定要受到劫难，我便也认了，可仍愿意抓紧时间，有所作为。独自一人继续向南行走，这应该是思念彭咸的缘故。

## 惜往日

**【题解】**《惜往日》记载了屈原的一些生平史实，是其临终前不久的作品。篇中回忆了屈原尽忠却反被谗的不幸遭遇，从文中“宁溘死而流亡兮，恐祸殃之有再。不毕辞而赴渊兮，惜壅君之不识”的语气来看，这一篇文字应该是屈原的绝命词，这时他已经下定决心要投江自尽，以身殉国。

惜往日之曾信兮①，受命诏以昭诗②。奉先功以照下兮③，明法度之嫌疑④。国富强而法立兮，属贞臣而日娭⑤。秘密事之载心兮⑥，虽过失犹弗治。心纯庬而不泄兮⑦，遭谗人而嫉之。君含怒而待臣兮，不清澈其然否⑧。

**【注释】**①往日：这里指屈原之前为怀王所信任并重用的那一段时间。

②命诏：君王发布的命令或文告。昭：明。诗：当从朱熹本，作“时”，时世。

③先功：功，指对国家而言的功绩。先功就是指楚国前代君王的功业。

④法度：国家的章程、法令、制度。嫌疑：指法度中不明确或有疑难的地方。

⑤属（zhǔ）：托付。娭（xī）：游乐，嬉戏。

⑥秘密：即“黾勉”，勤勉，勤恳。

⑦庬（máng）：敦厚，厚道。不泄：泄，泄露。不泄就是出言谨慎，不随便乱说话。

⑧清澈：弄清事实真相。

**【译文】**痛惜年轻时曾受到信任，禀受君王命令想要让时世清明。承袭先王所留下的功业来照耀后世，辨明法度明确是非嫌疑。那时国家富强法律严明，国事托付忠臣而君王得以休憩。勤于国事，我时刻谨记，即使有过失，君王也不曾治罪。我心地淳厚不随便说话，谁知却遭谗人嫉妒。君王听信谗言含怒待我，并不去澄清这其中的是非对错。

蔽晦君之聪明兮[①]，虚惑误又以欺[②]。弗参验以考实兮[③]，远迁臣而弗思。信谗谀之溷浊兮，盛气志而过之。何贞臣之无罪兮，被离谤而见尤[④]。惭光景之诚信兮[⑤]，身幽隐而备之[⑥]。

**【注释】**①蔽晦：遮蔽、蒙蔽而使之昏暗不明。聪明：耳聪目明，引申为判断辨别是非善恶的能力。

②虚：空虚不实。惑：使……疑惑。误：使……行为举动颠倒错讹。

③参：比较。考实：考察、考核实施真相。

④被：蒙受。离：从洪兴祖及朱熹本，作“谳”，诽谤。尤：罪过，罪责。

⑤景：同“影”。

⑥幽隐：形容其居所的偏僻荒凉。备：具备。

**【译文】**小人蒙蔽了君王的耳目，虚言假话误导了他，他不考察真正的事实，竟然远远地将我放逐并不假思索。君王听信谗言奉承的话，怒气冲冲对我大加责备。为何忠臣本是无罪过，却遭到毁谤承受罪祸？惭愧于日月光影真实无伪，深处偏远之地也能蒙受光辉。

临沅湘之玄渊兮[①]，遂自忍而沉流？卒没身而绝名兮，惜壅君之不昭[②]。君无度而弗察兮[③]，使芳草为薮幽[④]。焉舒情而抽信兮，恬死亡而不聊[⑤]。独鄣壅而蔽隐兮[⑥]，使贞臣为无由。

**【注释】**①玄渊：水呈黑色的深渊。

②壅（yōng）君：被壅蔽、蒙蔽的君王。

③度：法度，客观的衡量标准。

④薮（sǒu）幽：水泽幽暗的地方。

⑤恬：安适，安静。不聊：不苟且偷生。

⑥鄣壅：阻塞，阻隔。鄣，同“障”。壅，义近“障”，又写作“雍”。

**【译文】**走近沅湘这深渊，难道忍心就这样自沉江流？最终身死名灭并没有什么可怕，只是痛恨君王被蒙蔽而毫无觉悟。君王没有原则不能明察美丑，竟让香草被埋没在深谙水沼。应该怎样去打开心扉，倾诉真情与忠诚，我只能安静地死亡，绝不苟且偷生。只因君王总会被佞臣蒙蔽，忠臣受压抑而效忠无门。

闻百里之为虏兮[1]，伊尹烹于庖厨[2]。吕望屠于朝歌兮[3]，宁戚歌而饭牛[4]。不逢汤武与桓缪兮，世孰云而知之？吴信谗而弗味兮[5]，子胥死而后忧[6]。介子忠而立枯兮[7]，文君寤而追求[8]。

**【注释】**①百里：即春秋人百里奚。最初为虞国大夫，晋献公灭虞时被俘，后作为陪嫁媵臣入秦国。后又亡秦入楚，为楚人所执。秦穆公听闻他的贤能，便派人到楚国以五张羊皮为他赎身，并用为大夫，所以他又被称为“五羖大夫”。

②伊尹：商初成汤的大臣。名挚，尹为官名，因其母居伊水，所以称为伊尹。庖厨：厨房，在古代视庖厨之事为下贱者所为。

③吕望：即姜太公，也就是姜子牙。其辅佐周文王、周武王，是灭商的功臣，后封于齐，是齐国的始祖，其族世代为姬周姻亲。朝（zhāo）歌：古地名，殷纣时期国都，位于今河南省鹤壁市市区南部淇河边。

④宁戚：春秋时期卫国人，曾到齐国国都经商，喂牛而歌，齐桓公听到后认为他是贤人，便任用他为大夫。

⑤吴：这里指吴王夫差。

⑥子胥：这里指伍子胥。后忧：指日后的亡国之忧。

⑦介子：介子推。春秋时晋国人，曾跟随晋文公重耳在外流亡十九年，文公归国继位后，介子推带着母亲隐居到了绵山之中。立枯：抱着树被烧死。

⑧文君：晋文公，春秋五霸之一。寤（wù）：觉醒，醒悟。

**【译文】**听说百里奚做过俘虏，伊尹在厨房做过下贱庖厨，吕望在朝歌做过屠夫，宁戚也曾唱着歌牧牛。如果不是遇到商汤、周武、齐桓公与秦穆公，世上又有谁能知晓他们的才能好处？夫差听信谗言不辨忠奸，逼死伍子胥而国家败亡。介子推忠于晋文公却被烧死，晋文公醒悟后追悔莫及。

封介山而为之禁兮[①]，报大德之优游[②]。思久故之亲身兮，因缟素而哭之[③]。或忠信而死节兮，或訑谩而不疑[④]。弗省察而按实兮[⑤]，听谗人之虚词。芳与泽其杂糅兮[⑥]，孰申旦而别之[⑦]？何芳草之早殀兮[⑧]，微霜降而下戒。谅聪不明而蔽壅兮[⑨]，使谗谀而日得。

**【注释】**①介山：古代山名。因为介子推而得名，位于今山西省介休市。禁：禁止百姓上介山砍柴打猎，因为晋文公将介山当成是介子推的封地。

②优游：形容德行至高至大。

③缟（gǎo）素：本义为白色的织物，这里指白色的丧服。

④訑谩（tuó màn）：欺骗，诈伪。

⑤省（xǐng）：检察，审察。按：考察。

⑥泽：应为“臭”字之误。

⑦申旦：申，重复。旦，天亮。意思为日复一日。

⑧殀（yāo）：夭折，死亡。

⑨谅：确实，的确。聪不明：听觉不敏锐，引申为偏听偏信，不辨是非。

**【译文】**只得封赐介山禁止人们砍柴，以此报答他的仁厚大德。思念故友往日的患难与共，身穿白色丧服而痛哭泪流。有人忠贞诚信却守节而死，有人欺诈虚伪却不受怀疑。君王不审查验证核对事实，反而听信谗人的虚伪言辞。芳香与腐臭混杂在一起，谁又能日复一日地加以辨析？为什么芳草过早地夭折凋谢？只因寒霜如警示一般突然从天而降。君王耳目不明深受蒙蔽，才使得谗谀小人日益得势。

自前世之嫉贤兮，谓蕙若其不可佩①。妒佳冶之芬芳兮，嫫母姣而自好②。虽有西施之美容兮③，谗妒入以自代。愿陈情以白行兮④，得罪过之不意。情冤见之日明兮⑤，如列宿之错置⑥。

**【注释】**①惠若：两种香草的名称。

②嫫（mó）母：传说为黄帝的妃子，貌丑。后世将其作为丑女的代名词。这里比喻奸邪小人。姣：容貌美丽。

③西施：春秋时期越国人，以貌美著称，越人将其献给吴王夫差，使得夫差荒淫而不理政事，后卒亡吴国。

④白行：表白、说明自己的所作所为。

⑤情冤：情，真情，真实。冤，冤枉，委屈。情冤意思就是是非曲直。见（xiàn）：同“现”，表现，显现。日明：一天天地明白起来。

⑥列宿：排列在天幕上的众多星宿。错：通“措”，放置，安放。

**【译文】**自古以来小人都嫉贤妒能，竟说香蕙杜若不可佩戴。他们嫉妒佳人姿容芳美，丑妇嫫母却还故作媚态。即便有西施那样的美艳容貌，谗妒小人也会阴谋取代。我愿陈诉衷情，表白所为，反而落得罪过完全出乎意外。真情与冤屈终究会得到澄清，就像那天上的星宿有序明摆。

乘骐骥而驰骋兮，无辔衔而自载①；乘氾泭以下流兮②，无舟楫而自备。背法度而心治兮③，辟与此其无异④。宁溘死而流亡兮⑤，恐祸殃之有再。不毕辞而赴渊兮，惜壅君之不识。

【注释】①辔（pèi）：马缰绳。衔：马嚼子。

②氾泭（fàn fú）：筏子。

③心治：依着自己的私心去治理。

④辟：通“譬”，譬如，好像。

⑤溘（kè）：忽然，快速。流亡：随流水而去。

【译文】想要乘着骏马自由驰骋，没有缰绳与辔头便自行驾驭。想要乘着竹筏顺流直下，没有工具也要自己备桨。违背法度而听凭心治，这与这些情形没有两样。宁愿突然死去随流水飘逝，只怕再次遭受不测祸殃。不将话说完便投赴深渊，痛惜君王昏庸蒙蔽，不识我的衷肠。

## 橘 颂

【题解】《橘颂》即对橘树的歌颂，是屈原自比志节如橘，不可随便移动迁徙。洪兴祖《楚辞补注》曰：“美橘有是德，故曰颂。”关于这一篇的创作时间，今人多认同为屈原在青年时代担任三闾大夫时所作。

《橘颂》是我国文学史上第一首文人咏物诗，开后世咏物诗的先河。在诗中，屈原从橘树的外形开始描绘，成功地塑造了橘树美丽的外表，随后又由外转里，将橘树的风姿比拟为坚持操守、保持公正无私品格的君子。通过对橘树高贵品质的赞颂，屈原将自己热爱祖国、追求高尚志趣而不随波逐流、渴望建功立业的思想感情表达出来，将咏物与抒情紧密结合，对后世的咏物诗产生了深厚的影响。

后皇嘉树[1]，橘徕服兮[2]。受命不迁[3]，生南国兮[4]。深固难徙，更壹志兮。绿叶素荣[⑤]，纷其可喜兮[⑥]。曾枝剡棘[⑦]，圆果抟兮[⑧]。

【注释】①后：后土，古人对土地的尊称。

②徕（lái）：来。服：习惯，适应。

③迁：迁移，迁徙。橘是南方特有的植物，故而说“不迁”。

④南国：南方，屈原的时代南方就是楚国之地。

⑤素：白。荣：花。

⑥纷：这里形容橘树花叶繁茂的样子。

⑦曾：层层叠叠。剡（yǎn）：尖，锐利。棘：刺。

⑧抟（tuán）：圆。

【译文】后土皇天美好橘树，生来便适应这方水土。秉承天地之命绝不外迁，只肯生长在南方这片国度。根深牢固难以迁徙，志向专一坚定不移。树叶翠绿花朵洁白，缤纷茂盛惹人喜爱。树枝层叠，利刺尖锐，圆圆的果实簇聚成团。

青黄杂糅[①]，文章烂兮[②]。精色内白[③]，类可任兮[④]。纷缊宜修[⑤]，姱而不丑兮[⑥]。嗟尔幼志[⑦]，有以异兮。独立不迁，岂不可喜兮？深固难徙，廓其无求兮[⑧]。苏世独立，横而不流兮[⑨]。

【注释】①青黄：橘的果实未成熟时，外皮呈青色，成熟时外皮就变成黄色。杂糅：各种不同的东西混杂在一起，这里指青黄两种颜色交织混杂。

②文章：文采，错综华美的色彩或花纹。烂：色彩鲜明灿烂。

③精色：指橘的果实外表皮色明亮。内白：橘的果实内部瓤肉色泽洁白。

④类可任兮：类，似，好像。任，承担，肩负。如同肩负重任的君子。

⑤纷缊（yūn）：纷繁茂盛，指橘的树枝、叶子、花朵、果实等各个方面都茂盛。宜修：修饰得宜，恰到好处。

⑥姱（kuā）：美好。

⑦嗟（jiē）：表示感叹语气的虚词。

⑧廓：广大，空阔。这里指橘树拥有廓大的心境、品格，也就是超脱旷达的意思。

⑨横：充满。不流：不随波逐流、与世沉浮。

**【译文】**青黄两色混杂在一起，色泽文采如此美丽。外表鲜艳美丽，内在晶莹纯洁，就好比那君子肩负沉重道义。挺拔茂盛的风姿修饰得体，美丽的形象，无与伦比。惊叹你从小便有与众不同之大志，性格刚强独立，并不轻易变更，怎能不令人欢畅惊喜。根深蒂固不可移动，胸襟开阔无所欲求。清醒独立于这人间浊世，志节充盈绝不随波逐流。

闭心自慎①，不终失过兮②。秉德无私，参天地兮③。愿岁并谢④，与长友兮。淑离不淫⑤，梗其有理兮。年岁虽少，可师长兮。行比伯夷⑥，置以为像兮⑦。

**【注释】**①闭心：关闭心灵，以此来排除外界的诱惑与干扰，保持自身内心世界的纯净。

②不终失过：当作“终不失过”，始终不犯错误。

③参：三，指与天地相配，合而成三。

④谢：离开，这里指岁月流逝。

⑤淑离：鲜明美好的样子。

⑥伯夷：商代末年孤竹国国君的长子，与弟弟叔齐互相谦让王位而双双弃位，并离开故土来到周国。后来劝阻周武王伐纣，武王不纳其言，便双双逃到首阳山隐居，耻于食用周粟而饿死在山中。

⑦置：建立，树立。像：法式，榜样。

**【译文】**闭敛心扉，摒除物欲，虚心谨慎，始终不犯过错。秉公无私，与天地同在。我愿与你长久相伴，与你长做知音挚友。淑丽端庄绝无淫逸，坚强正直通情达理。年纪虽少却老成持重，高洁德行堪比伯夷，将你作为楷模来好好学习。

## 悲回风

**【题解】**《悲回风》的题目取自篇首句“悲回风之摇蕙兮”。从篇中所流露出来的情感来看，这一篇应写于屈原自沉前不久，在秋夜里，屈原自感愁苦不堪，难以入睡，回风吹起，凋伤万物，他便抒发内心的愤懑之情，表达内心遭乱而志向不改的情感。

全篇没有叙事的成分，都是屈原的内心独白。从见“回风之摇蕙”开始产生联想，想到美好事物遭受暴力摧毁，便产生沉郁的情感，全篇充满了悲伤的气氛与绝望的情绪。

悲回风之摇蕙兮①，心冤结而内伤②。物有微而陨性兮③，声有隐而先倡④。夫何彭咸之造思兮⑤，暨志介而不亡⑥！万变其情岂可盖兮，孰虚伪之可长！鸟兽鸣以号群兮，草苴比而不芳⑦。鱼葺鳞以自别兮⑧，蛟龙隐其文章。故荼荠不同亩兮⑨，兰茝幽而独芳。

【注释】①回风：疾风，旋风。蕙：一种香草。

②冤结：郁结，形容心情忧伤愁闷。伤：悲伤。

③物：这里指蕙而言。陨（yǔn）：陨落。性：性命。

④声：这里指风声。隐：这里指风声藏匿无形。倡：先导。

⑤造思：造，制造，造就。树立的思想。

⑥暨（jì）：与，和。介：坚固，坚定，坚贞。

⑦苴（chá）：枯草。比：合在一起。

⑧葺（qì）：整理，修饰。

⑨荼（tú）：苦菜。荠（jì）：一种味甘的野菜。

【译文】悲哀啊，那疾风摇落了蕙草，我内心感到忧伤，愁思郁结。柔弱的蕙草轻易就被摧残掉了，秋风虽然无形却也能产生巨大的影响。为什么我总是无法忘怀，彭咸树立的思想以及他那坚定的志节。情态千变万化，岂能将真情掩盖，虚情假意的事物，哪会绵延久长？鸟兽鸣叫来召唤同伴，鲜草靠近枯草就将失去芬芳。鱼儿鼓起鳞片来显示与众不同，蛟龙则潜入渊底将自己的文采隐藏。所以苦菜与甜菜不能在同一块地里生长，兰花芷草在幽僻之地才能独自散发芳香。

惟佳人之永都兮[①]，更统世而自贶[②]。眇远志之所及兮[③]，怜浮云之相羊[④]。介眇志之所惑兮，窃赋诗之所明。惟佳人之独怀兮[⑤]，折若椒以自处[⑥]。曾歔欷之嗟嗟兮[⑦]，独隐伏而思虑。涕泣交而凄凄兮[⑧]，思不眠以至曙。终长夜之曼曼兮，掩此哀而不去。寤从容以周流兮，聊逍遥以自恃[⑨]。

【注释】①惟：思念。佳人：佳，美好。这里或许是屈原的自称。都：美好。

②更：经历，经过。统世：经过几世几代。历时久远。贶（kuàng）：给予，赐予。

③眇（miǎo）：远。及：至，到达。

④相羊：通“徜徉”，形容漂浮、游荡、没有依靠的样子。

⑤独怀：怀，胸怀。独特的胸襟、怀抱。

⑥若：香草杜若。椒：一种芳香的植物，或指花椒。

⑦曾（céng）：重累。歔欷（xū xī）：哭泣，哽咽。嗟嗟（jiē）：不断叹息。

⑧凄凄：形容悲伤的样子。

⑨恃：怙恃，依赖，依靠。

**【译文】**想起君子才能永葆美好，怡然自得经历几世几代。我的志向是那么远大，可惜就像浮云游荡无依。我志向远大坚定却不被人理解，只能写作诗篇来表明心志。想那美人有独特的胸襟，采摘杜若椒枝独守在此。不住哭泣，叹息不止，独自隐居，思索考虑。涕泪横流如此悲伤，彻夜不眠愁思缕缕。熬过这漫漫长夜，压抑心头的哀愁却依然萦绕不去。还是起身去四处游荡吧，姑且畅怀开解一番愁绪。

伤太息之愍怜兮[①]，气於邑而不可止[②]。糺思心以为纕兮[③]，编愁苦以为膺[④]。折若木以蔽光兮[⑤]，随飘风之所仍[⑤]。存髣髴而不见兮[⑥]，心踊跃其若汤[⑦]。抚珮衽以案志兮[⑧]，超惘惘而遂行[⑨]。

**【注释】**①愍怜：怜悯。

②於（wū）邑：呜咽，哽咽。

③糺（jiū）：缠结，纠缠。纕（xiāng）：佩带。

④膺：大约为紧贴前胸的衣物。

⑤若木：古代神话传说中的树名。

⑥飘风：疾风，旋风。仍：跟从，跟随。一说因，循。

⑦髣髴（fǎng fú）：仿佛，好像。

⑧踊跃：跳动，跳跃。汤：热水。

⑨珮：玉佩，一种玉制的视频。衽（rèn）：衣襟。案：抑制。

**【译文】**悲伤叹息可怜我的不幸，气息哽咽无法停止。将满心的愁思缠结成佩带，将愁苦编结成贴身之衣。折断若木遮蔽阳光，任随疾风将我吹得飘来摇去。眼前的一切都模糊不清了，心更如沸水一般悸动不已。抚摸玉佩、整理衣襟，抑制自己的情绪，在惆怅迷惘中起身前行。

岁曶曶其若颓兮[①]，时亦冉冉而将至[②]。薠蘅槁而节离兮[③]，芳以歇而不比[④]。怜思心之不可惩兮，证此言之不可聊。宁逝死而流亡兮[⑤]，不忍为此之常愁。孤子吟而抆泪兮[⑥]，放子出而不还。孰能思而不隐兮，照彭咸之所闻。

**【注释】**①曶曶（hū）：即"忽忽"，指时光匆匆而过，有迫切、迅疾的含义。颓：下坠，流逝，过去。

②时：这里指老年，老境。冉冉：形容渐渐前进的样子。

③薠（fán）：一种水草的名称。蘅（héng）：即香草杜蘅。槁（gǎo）：枯。节离：直接脱落、断开。

④不比：比，茂盛。不再茂盛，不再显得生机勃勃。

⑤宁逝死而流亡兮：应作"宁溘死而流亡兮"，是屈赋成居，又见于《离骚》、《惜往日》等。

⑥吟：叹息。抆（wěn）：擦拭。

**【译文】**岁月匆匆流逝而去，时光荏苒人生也将进入老境。芳草枯萎枝叶飘零，芳香随之消散，生命随之凋零。可怜我思君念国的心绪却依旧无法停止，我这样的表白恐怕也无济于事。宁愿快些死去而随水流逝，也不能忍受这没完没了的愁苦。独自叹息，将泪水擦拭，我这被放逐的人一去而不得回返。有谁想起这些能不心痛，我决定效仿彭咸之路。

登石峦以远望兮[①]，路眇眇之默默[②]。入景响之无应兮[③]，闻省想而不可得[④]。愁郁郁之无快兮，居戚戚而不可解[⑤]。心鞿羁而不形兮[⑥]，气缭转而自缔[⑦]。穆眇眇之无垠兮[⑧]，莽芒芒之无仪[⑨]。

**【注释】**①峦：小而陡峭的山。一说指形状狭长的山。

②默默：寂静的样子。

③景：通“影”，阴影。

④闻省想：闻，听。省，看，审视。想，思考。耳听目视心想。

⑤居：疑为“思”之误。戚戚：忧愁、愁苦的样子。

⑥鞿（jī）羁：鞿，马嚼子，马缰绳。羁，马络头，马笼头。均为控制马匹的用具，这里引申为束缚的意思。形：当作“开”，排解，开释。

⑦缭转：纠缠、缠绕，无法排解的样子。缔：缠结在一起而无法解开。

⑧穆：深远，幽微。垠：边际。

⑨莽：苍莽，广大。芒芒：空间广阔的样子。仪：景象，仪容。

**【译文】**登上小山远远眺望，漫漫长路寂静无声。进入空旷之地万籁俱静，耳听目视心想都已不可能。忧愁苦闷心中没有快乐，满心都是解不开、驱不散的愁苦思绪。内心被束缚起来不得舒展，气息郁结也不得发散。四周幽远无边无际，苍莽空荡无相无形。

声有隐而相感兮，物有纯而不可为[①]。藐蔓蔓之不可量兮[②]，缥绵绵之不可纡[③]。愁悄悄之常悲兮[④]，翩冥冥之不可娱[⑤]。凌大波而流风兮[⑥]，托彭咸之所居。

**【注释】**①纯：精纯。不可为：无能为力，无可奈何。

②藐：通“邈”，远。蔓蔓：漫长，久远的样子。量（liáng）：计算，度量。

③缥（piāo）绵绵：细微绵长的样子。纡：弯曲，萦绕。

④悄悄（qiǎo）：忧愁的样子。

⑤翩：疾飞。冥冥：形容飞得又高又远的样子。

⑥凌：乘。流风：顺风而行。

**【译文】**好像有细微的声音在相互感应，纯洁美好的事物却无奈地被摧残毁去。思绪茫茫不可计量，细微绵长愁思不断。忧愁满怀常让我悲苦不已，即便远走高飞也难有欢愉。乘着滚滚波浪随风飘逝，投奔向彭咸所居住的地方。

上高岩之峭岸兮[①]，处雌蜺之标颠[②]。据青冥而摅虹兮[③]，遂倏忽而扪天[④]。吸湛露之浮源兮[⑤]，漱凝霜之雰雰[⑥]。依风穴以自息兮[⑦]，忽倾寤以婵媛[⑧]。

**【注释】**①岸：崖壁。

②雌蜺：古人称彩虹色彩较暗淡的外环部分为蜺，属阴，属雌，所以称为雌蜺。与之相对的，色彩明亮的内环部分为虹，属阳，属雄，又称为雄虹。标颠：顶端，最高处。

③青冥：青天，天空。摅（shū）：舒。

④倏忽：顷刻之间。扪（mén）：抚摸。

⑤湛：浓重，浓厚。浮源：姜亮夫《屈原赋校注》谓当作“浮浮”，露水浓重的样子。

⑥雰雰（fēn）：形容霜雪缤纷的样子。

⑦风穴：古代神话传说中能产生风的洞穴。

⑧倾寤：倾，全，都。寤，明白。全都明白了。

**【译文】**登上高高的山岩崖壁，处在彩虹的最高之地，依靠青空舒展一道彩虹，刹那间与青天相近。吸吮浓厚的露水，含漱飞落的凝霜。靠着风穴独自停歇，忽然领悟到一切的奥秘，却也因此忧思感伤不已。

冯昆仑以瞰雾兮①，隐岷山以清江②。惮涌湍之磕磕兮③，听波声之汹汹④。纷容容之无经兮⑤，罔芒芒之无纪⑥。轧洋洋之无从兮⑦，驰委移之焉止⑧。

**【注释】**①冯（píng）：依靠。

②隐：凭依。依靠。岷山：即岷山。清江：看清江流的面貌。一说清澈的江水。

③磕磕（kē）：本指石头发出的声音，这里指水和石头撞击的声音。

④汹汹（xiōng）：波浪澎湃相击发出的声音。

⑤容容：通“溶溶”，水流动的样子。无经：没有法度，缺乏条理。

⑥罔：惘怅。芒芒：这里形容迷乱的样子。纪：头绪。

⑦洋洋：彷徨而不知何去何从的样子。

⑧委移：同“逶迤”，曲折前行的样子。

**【译文】**靠着昆仑山俯瞰云雾飞腾，凭依岷山看清江水湍急。激流冲击石头发出震耳声响，听那波涛汹涌浪声震天。水流动的样子毫无条理，内心迷乱惆怅毫无头绪。想要不再彷徨却又不知从何下手，如此悲愁纠缠，哪里才是终点。

漂翻翻其上下兮[①]，翼遥遥其左右[②]。氾潏潏其前后兮[③]，伴张弛之信期[④]。观炎气之相仍兮[⑤]，窥烟液之所积[⑥]。悲霜雪之俱下兮，听潮水之相击。借光景以往来兮[⑦]，施黄棘之枉策[⑨]。

**【注释】**①漂：漂浮，飞动。翻翻：形容上下翻飞的样子。

②翼：飞动。遥遥：摇摆。

③氾（fàn）：泛滥。潏潏（yù）：形容水流奔涌而出的样子。

④张弛：弛，同“弛”。指潮水的涨落。

⑤信期：潮汐的汛期。

⑥炎：通“焰”，火焰。仍：跟从，跟随。

⑦烟：指云。液：指雨。

⑧光景：这里是时日、岁月的意思。景，同“影”。

⑨黄棘：一种带刺植物的名称。枉：弯曲。策：鞭子，马鞭。

**【译文】**心绪飘荡上下翻飞，飞动摇摆彷徨不定。就像那泛滥的水流奔涌而出，伴随着潮水涨落的汛期。看那火焰与烟气相随而生，窥见云雨聚积逐渐显现。悲叹那霜雪一起降落大地，潮水激荡的巨响再次回荡在耳边。借时间的光影驰骋往来，用黄棘制成神鞭来将其驾驭。

求介子之所存兮[①]，见伯夷之放迹[②]。心调度而弗去兮，刻著志之无适[③]。

**【注释】**①介子：即介子推。所存：即所在，指介子推生前居住过的地方。

②放：放逐。一说作远、故旧解。

③刻著志：刻，铭刻。著，附着而不分离。下定决心，打定主意。

**【译文】**想要去探访介子推生前的居所，去看看伯夷远遁的高山。心中思量着，却无法释怀，下定决心，绝不离开。

曰[①]：吾怨往昔之所冀兮，悼来者之愁愁[②]。浮江淮而入海兮，从子胥而自适[③]。望大河之洲渚兮[④]，悲申徒之抗迹[⑤]。骤谏君而不听兮[⑥]，重任石之何益[⑦]。心絓结而不解兮[⑧]，思蹇产而不释[⑨]。

**【注释】**①曰：类似于“乱曰”，用来总结全篇。

②愁愁（tì）：形容忧虑、恐惧、不安的样子。

③自适：适，安适。自求适意。

④洲：水中的陆地。渚：水中的小块陆地。

⑤申徒：指申徒狄。传说其劝谏君王，君王不听，遂被不容于世，于是投水自尽。抗：高尚。

⑥骤：屡次。

⑦任：背负。一说为抱。

⑧絓（guà）结：心中郁结。

⑨蹇（jiǎn）产：思绪郁结，不顺畅。

**【译文】**乱辞说：我哀怨以前所抱有的期望，痛惜后来无辜蒙受的忧惧不安。愿顺着江淮漂流入海，追随伍子胥以了却自己的心愿。望着大河之中的沙洲，为申徒狄的高尚行为而伤感。一次次规谏君王而不被接受，抱石投水又将有什么益处？心绪纠结难以解脱，思绪不畅而无法释怀。

# 远 游

**【题解】**《远游》的篇名，取自首句“悲世俗之迫阨兮，愿轻举而远游”。朱熹等人认为，这一篇是屈原流放之后抒发内心忧郁愤懑心情之作，而屈复等人则认为这是屈原殉身的寓言，即“自沉汨罗，即是远游。远游之乐，即是自沉之乐”。本书取后一种说法。关于创作时间，本书认同姜亮夫的看法，他认为这一篇作于屈原晚年，“可能是在《怀沙》之前，屈原写好《远游》后怀沙而死”。

从内容上来看，《远游》分为两部分：一部分描写诗人神游于天上，不再受世风溷浊的影响，而感到由衷快乐；另一部分则写了诗人养生炼形，充满了道家的出世思想。尤其是篇中所描绘的想想活动，表达出对当时黑暗溷浊的世俗的谴责，更表现出对纯真世界的追求，开后世“游仙诗”之先河。

悲世俗之迫阨兮①，愿轻举而远游②。质菲薄而无因兮③，焉托乘而上浮④。遭沉浊而污秽兮⑤，独郁结其谁语！夜耿耿而不寐兮⑥，魂茕茕而至曙⑦。惟天地之无穷兮，哀人生之长勤⑧。

**【注释】**①迫阨（è）：迫，胁迫，逼迫。阨，阻塞，困厄。迫阨就是困阻灾难。

②轻举：升，登仙。

③质：禀性，素质。菲薄：常用作自谦，指德才等鄙陋。

④托乘：攀附仙人的车乘，比喻得人援引。

⑤沉浊：污浊，用来比喻风俗败坏的时世。

⑥耿耿：烦躁不安，心事重重。

⑦茕茕（qióng）：孤独的样子。

⑧勤：艰辛，愁苦。

**【译文】**悲伤这社会风气使人困厄，真想飞升登仙远游求真。本性鄙陋又没有机缘，又该如何攀附仙车向上飞升？遭逢浑浊的尘世，这时世充满污秽，我心中的郁闷又能向谁倾诉？夜里辗转反侧难以入眠，神魂不守孤单到天明。想到天地无穷无尽，哀叹人生愁苦艰辛。

往者余弗及兮[①]，来者吾不闻。步徙倚而遥思兮[②]，怊惝怳而乖怀[③]。意荒忽而流荡兮[④]，心愁凄而增悲。神倏忽而不反兮[⑤]，形枯槁而独留。内惟省以端操兮[⑥]，求正气之所由[⑦]。漠虚静以恬愉兮[⑧]，澹无为而自得[⑨]。

**【注释】**①往者：过去的人和事。

②徙倚：徘徊不定，逡巡。

③怊（chāo）：失意，怅惘。惝怳（chǎng huǎng）：惆怅，失意，伤感。乖怀：乖，背离，违背。心愿违背，心气不顺。

④荒忽：恍惚，神思不定。流荡：心神不定，无所依托。

⑤反：同“返”，回归，回返。

⑥惟省（xǐng）：思索，审察。

⑦所由：所由来的途径和方法。

⑧漠：清净淡泊。虚静：清虚恬静。

⑨澹（dàn）：恬淡，淡泊。无为：道家的主张，清静虚无，顺应自然。

**【译文】**已经过去了的，我没赶上，正在赶来的，我也无所听闻。我徘徊不定也想得更远，惆怅失意违背初衷。心情恍惚迷茫而四处游荡，内心的愁苦愈来愈深。我的灵魂飘忽远去，只留下不断消瘦枯槁的身躯。心中反复思索端正自己的操守，寻求天地之正气缘何而生。我清虚恬静以安然自乐，恬淡无为才能怡然自得。

闻赤松之清尘兮①，愿乘风乎遗则。贵真人之休德兮②，美往世之登仙。与化去而不见兮③，名声著而日延。奇傅说之托辰星兮④，羡韩众之得一⑤，形穆穆以浸远兮⑥，离人群而遁逸。因气变而逐曾举兮⑦，忽神奔而鬼怪⑧。

**【注释】**①赤松：即赤松子，古代中国神话传说中的上古时期的神仙，相传为神农时期的雨师。清尘：比喻清静无为的境界。

②真人：古代道家洞悉宇宙和人生本原，真正觉醒与觉悟的人，或者修真得道的人，被称为真人，也泛指“成仙之人”。休德：美德。

③化：变化，转化。这里有改变形体的固有状态，羽化升仙，与天地造化共往来的意思。

④傅说（yuè）：殷商时期的贤臣，先秦史传为商王武丁丞相，为“三公”之一。辰星：这里指二十八星宿中的房星，位于东方天幕。

⑤韩众：古代传说中的仙人。得一：道家术语，“一”就是“道”，即得道。

⑥穆穆：宁静，静默。浸：渐渐。

⑦曾（zēng）举：高举，向上高高飞升。

⑧神奔而鬼怪：形容神出鬼没的样子。

**【译文】**听闻赤松子有清静无为的境界，我愿秉承他的遗风法则。崇尚得道之人的美德，羡慕古人可以能够飞升上天。他们蜕形而去消失不见，可是名声却得以千载流传。惊叹傅说死后化为星辰，羡慕韩众可以得道成仙。他们的形体渐渐远离尘世，他们脱开世俗避世隐逸。凭借精气变化而高高升举，飘忽如鬼神一般瞬息万变。

时髣髴以遥见兮[①]，精皎皎以往来[②]。绝氛埃而淑尤兮[③]，终不返其故都。免众患而不惧兮，世莫知其所如。恐天时之代序兮[④]，耀灵晔而西征[⑤]。微霜降而下沦兮，悼芳草之先零。聊仿佯而逍遥兮[⑥]，永历年而无成。谁可与玩斯遗芳兮，晨向风而舒情。高阳邈以远兮，余将焉所程。

**【注释】**①髣髴（fǎng fú）：同“仿佛”，好像，类似。

②精：精灵，灵魂。皎皎（jiǎo）：明亮的样子。

③氛埃：污浊之气，秽浊之物。淑尤：王逸《楚辞章句》：“淑，善也；尤，过也；言行道修善过先祖也。”一说到达奇异的境界。

④天时：天道运行的规律，也指时序。

⑤耀灵：太阳的别称，也喻指帝王。晔（yè）：闪闪发光。

⑥仿佯（páng yáng）：同“彷徉”，彷徨，徜徉，徘徊。

**【译文】**有时仿佛远远能看见，那神灵来往于宇宙之间。超越浊世到达奇异的境界，始终不愿返回故土。摆脱众人而再无畏惧，世人都难猜测他们的去处。担心岁月的流逝不断，闪闪发光的太阳也渐渐向西下行。薄薄的严霜开始降临，可惜那香草会首先凋零。我暂且徘徊而逍遥自在，只是年复一年虚度年华而一事无成。谁能与我一同欣赏这凋零的芳草？清晨迎着清风舒缓心情。古帝高阳离我太远了，我将如何继承与效仿这些古人？

重曰①：春秋忽其不淹兮，奚久留此故居？轩辕不可攀援兮②，吾将从王乔而娱戏③！餐六气而饮沆瀣兮④，漱正阳而含朝霞⑤。保神明之清澄兮，精气入而粗秽除⑥。顺凯风以从游兮⑦，至南巢而壹息⑧。见王子而宿之兮，审壹气之和德⑨。

**【注释】**①重：表示动作行为重复，相当于“再”、“又”、“重新”的意思。这里应该是乐章歌节的名称，如同“乱曰”之类。

②轩辕：古代帝王黄帝的名字，是中国远古时代华夏民族的共主，五帝之首，被尊为中华“人文初祖”。

③王乔：传说中的仙人，相传是周灵王太子晋，即王子乔。

④六气：大约是指朝旦之气（朝霞）、日中之气（正阳）、日没之气（飞泉）、夜半之气（沆瀣）、天之气、地之气。沆瀣（hàng xiè）：夜间的水气、露水，或指仙人所饮。

⑤漱：吸吮，饮。

⑥粗秽：粗浊污秽之气。

⑦凯风：和暖的风，指南风。

⑧南巢：南方古国名。壹息：稍稍歇息一下。

⑨壹气：元气，纯一不杂乱之气。和德：汪瑗《楚辞集注》：“和德，言正气之中和也。”大约指一种高妙的修养境界。

**【译文】**又说：春去秋来匆匆交替，又何必长久滞留这样的故地？圣君轩辕高不可攀，我将跟随王子乔游赏嬉戏。吞食天地六气，啜饮清露，吸吮正阳之气，将朝霞含进嘴里。保持精神清明，心灵澄澈，将精气吸入而将污秽排弃。我乘着南风随它到处游历，到了南巢稍作休息。见到王子乔我停下脚步，向他询问成仙之道的秘密。

曰：道可受兮①，不可传②；其小无内兮，其大无垠；无滑而魂兮③，彼将自然④；壹气孔神兮⑤，于中夜存；虚以待之存，无为之先；庶类以成兮⑥，此德之门。

【注释】①受：心领神会。

②传：说，描述，用语言来表达。

③滑（hǔ）：乱。而：你。

④彼：即上面的“魂”。自然：天然，非人为。

⑤孔：很，甚。

⑥庶类：万物，万类。

【译文】他说：道只可以心领神会，无法口说言传，它小得不能再分，大到没有边缘；不要让自己的精神混乱，它自然就会出现在你的面前；这一元之气神秘非凡，得道的最佳之境就在中夜半；请虚心安静地等待它，不要产生接物的心愿；万物都是如此生成的，得道之门便是一切源于自然。

闻至贵而遂徂兮①，忽乎吾将行。仍羽人于丹丘兮②，留不死之旧乡。朝濯发于汤谷兮③，夕晞余身兮九阳④。吸飞泉之微液兮⑤，怀琬琰之华英⑥。玉色頩以脕颜兮⑦，精醇粹而始壮⑧。

【注释】①至贵：非常珍贵，也就是要言妙道。徂：往，去。

②仍：因，就此。羽人：羽化升天的仙人。丹丘：传说中神仙居住的地方，或指其地昼夜常明。

③濯（zhuó）：洗。汤（yáng）谷：即旸谷，古代神话传说中的日出之地。

④晞（xī）：晒干，暴晒。九阳：古代传说中，旸谷有扶桑树，上枝有一个太阳，下枝有九个太阳，十个太阳轮流值班一天。

⑤飞泉：谷名，即飞谷，位于昆仑西南。微液：微，细微，精细。液，汁液。

⑥琬琰（wǎn yǎn）：泛指美玉。华英：这里指玉的精华。

⑦頩（pīng）：面色光润，貌美。脕（wàn）：有光泽，美好。

⑧醇粹：精纯不杂，纯粹完美。

**【译文】**听到了至理名言就想要前往，匆忙间我即将要起航。追随着仙人到达丹丘仙境，停留在长生不死之乡。晨起在汤谷中清洗头发，傍晚在九阳之中晒干身体。吸饮昆仑飞泉的清凉泉水，怀抱美玉的精华。我的面色也变得如美玉一般光彩照人，精神纯美而气息渐强。

质销铄以汋约兮①，神要眇以淫放②。嘉南州之炎德兮③，丽桂树之冬荣④。山萧条而无兽兮，野寂漠其无人⑤。载营魄而登霞兮⑥，掩浮云而上征⑦。命天阍其开关兮⑧，排阊阖而望予⑨。

**【注释】**①质：这里指凡庸、世俗的形体、形质。销铄：消亡，熔化。汋（chuò）约：绰约，姿态柔媚。

②要眇（miào）：精深微妙。淫放：这里形容精神充沛旺盛。一说指洒脱不受拘束。

③南州：泛指南方地区。炎德：火德。阴阳家将东、西、南、北、中分属

五行，南方属火，故称。

④丽：与“嘉”互文见义，均为赞美的意思。

⑤寂漠：同“寂寞”。

⑥营魄：魂魄。

⑦掩：遮蔽，这里指被云气缭绕覆盖。上征：向上飞升。

⑧天阍（hūn）：天帝的守门人。关：本指门闩，这里指门。

⑨阊阖（chāng hé）：神话传说中的天门。

**【译文】**凡胎脱尽更显柔美，神气幽远而精神充沛。南国那温暖的气候令人赞美，美丽飘香的桂树冬天依然芳香吐桂。群山萧条而没有野兽出没，原野寂静看不见人的踪影。魂魄搭乘车子登上彩霞，云遮着身躯将我送上天庭。我叫帝宫的门神打开天门，他推开天门将我上下打量。

召丰隆使先导兮①，问大微之所居②。集重阳入帝宫兮③，造旬始而观清都④。朝发轫于太仪兮⑤，夕始临乎于微闾⑥。屯余车之万乘兮，纷溶与而并驰⑦。驾八龙之婉婉兮，载云旗之逶蛇⑧。

**【注释】**①丰隆：神话传说中的雷神，后多为雷的代称。一说为云神。

②大微：亦作“太微”，古代星名，神话传说中天庭的所在。

③重阳：指天。

④旬始：星名。清都：神话传说中天帝居住的宫阙。

⑤发轫（rèn）：拿掉支住车轮的木头，使车前进。借指出发、启程。太仪：天帝的宫廷。

⑥于微闾：神话传说中位于东北方的山名，盛产美玉。

⑦溶与：即“容与”，迟缓不进。

⑧逶蛇（wēi yí）：同“逶迤”，形容车旗迎风飘扬的样子。

**【译文】**我招来丰隆做我的游览先导，让他将天庭太微星的所在好好打听。升上九重天进入帝宫游览，造访旬始星参观清都天庭。早晨从天宫出发，傍晚到达医巫闾山。聚集起上万辆随从马车，从容安闲地并驾前行。驾车的八匹神骏蜿蜒前进，载着云旗随风飘扬。

建雄虹之采旄兮①，五色杂而炫燿②。服偃蹇以低昂兮③，骖连蜷以骄骜④。骑胶葛以杂乱兮⑤，斑漫衍而方行⑥。撰余辔而正策兮，吾将过乎句芒⑦。

**【注释】**①采旄（máo）：用旄牛尾装饰的彩旗。

②炫燿：燿，同“耀”。闪耀，光彩夺目。

③服：中间两匹驾车的马。偃蹇：形容马匹高达矫健。低昂：起伏，这里指马奔跑时的状况与姿态。

④骖：驾车时位于两边的马。连蜷：指马身马蹄弯曲的样子，形容骖马矫健、俊美。骄骜：纵情奔驰。

⑤骑：指马车。胶葛：交错纷乱的样子。

⑥斑：形容车骑排列得缤纷繁多而显得错杂的样子。漫衍：绵延伸展的样子。方行：并行，一起前行。方，合并，并在一起。

⑦句（gōu）芒：古代神话传说中的主木之官。又为木神名。

**【译文】**竖起插着旄头的彩旗，那上面绘有颜色鲜艳的雄虹，如此光彩夺目五色缤纷。居中的马高大矫健俯仰自如，两边的马健壮而奔恣意向前。车马参差交错杂乱纷繁，队列绵延不绝并行向前。我抓紧缰绳握好马鞭，经过木神句芒继续前行。

历太皓以右转兮[①]，前飞廉以启路[②]。阳杲杲其未光兮[③]，凌天地以径度。风伯为余先驱兮，氛埃辟而清凉。凤凰翼其承旂兮[④]，遇蓐收乎西皇[⑤]。擥慧星以为旍兮[⑥]，举斗柄以为麾[⑦]。叛陆离其上下兮[⑧]，游惊雾之流波。

**【注释】**①太皓：即"太皞"，传说中的古帝名。

②飞廉：风神。启路：开路。

③杲杲（gǎo）：明亮。

④旂（qí）：古代画有两龙并在竿头悬铃的旗。

⑤蓐（rù）收：古代神话传说中的西方神名，金神之名，为西方上帝少昊之子。西皇：少昊，古代神话传说中西方的尊神。

⑥旍（jīng）：也作"旌"，古代用牦牛尾以及五彩羽装饰竿头的旗子。

⑦斗柄：北斗柄，指北斗的第五至第七星，即玉衡、开泰、瑶光。北斗，第一至第四星像斗，第五至第七星像柄。麾（huī）：古代用以指挥军队的旗帜，后又成为宫廷演奏音乐时的指挥工具。

⑧叛：纷繁。

**【译文】**经过东帝太皓再向右转，风神飞廉在前开路探看。太阳初亮还没有大放光芒，超越天地继续径直向前。风伯为我做车队的先驱，为迎接清凉而扫荡尘埃。凤凰的彩翼与云旗相连，在西帝那里遇到了金神蓐收。摘下彗星装饰旌旗，举起斗柄来指挥车队骑行。旗帜斑斓上下闪耀，在云海波涛中流连慢行。

时暖曃其曭莽兮[①]，召玄武而奔属[②]。后文昌使掌行兮[③]，选署众神以并毂[④]。路曼曼其修远兮，徐弭节而高厉[⑤]。左雨师使径侍兮，右雷公以为卫。欲度世以忘归兮[⑥]，意恣睢以担挢[⑦]。内欣欣而自美兮，聊媮娱以自乐[⑧]。

**【注释】**①暧曃（ài dài）：昏暗不明的样子。曭（tǎng）莽：晦暗朦胧的样子。

②玄武：古代神话传说中的北方之神，为龟或龟蛇合体的形象。奔属（zhǔ）：追随，跟随。

③文昌：星座名，共六星，半月形状。也指星神。掌行：带领从行的队伍，犹领队。

④选署：选择，部署安排。并毂（gǔ）：毂，车轮中心的圆木，周围与车辐一段相接，终有圆孔，可以插轴。并毂就是车辆并行的意思。

⑤弭节：驻节，停车。高厉：上升，高高腾起。

⑥度世：犹“出世”即超脱尘世为仙。

⑦恣睢（suī）：放任自得的样子。担挢（jiē jiāo）：高举。

⑧媮（yú）：通“愉”，乐。

**【译文】**天色渐渐昏暗四周朦胧，我命令玄武跟随相伴。让文昌在车后为我掌管行程，安排众神与我并驾前行。前方的道路漫长遥远，我放缓车子缓缓驰向云天。让雨师在左边相伴随侍，让雷公在右边保驾护航。想要超越尘世而忘却归去，放纵心志高飞向上。我内心欢欣自己修养自己，暂且娱戏以求自乐。

涉青云以汎滥游兮[①]，忽临睨夫旧乡[②]。仆夫怀余心悲兮，边马顾而不行。思旧故以想像兮[③]，长太息而掩涕。氾容与而遐举兮[④]，聊抑志而自弭。指炎神而直驰兮[⑤]，吾将往乎南疑[⑥]。览方外之荒忽兮[⑦]，沛罔象而自浮[⑧]。

**【注释】**①涉：徒步过河。汎滥游：四处漫游。

②临睨（nì）：俯视，察看。

③想像：想见其形象，也就是思念、缅怀、回忆的意思。

④遐举：远行，飞行。

⑤炎神：南方火神祝融。

⑥南疑：即南方的九嶷山。

⑦荒忽：形容朦胧恍惚的样子。

⑧沛（pèi）：形容水流动的样子。罔（wǎng）象：本指水怪或水神名，这里引申指水势盛大。

**【译文】**飞越青云纵情在四方周游，忽然俯瞰到故乡的田园。车夫怀恋我也内心悲伤，车驾两侧的马也频频回头张望。思念旧亲故友想要与他们相见，我长长叹息涕泪沾湿衣裳。终于还是从容泛游而逍遥远去，暂且压抑自己的情感自我安慰。追寻南方火神径直奔驰，我将前往九嶷山。看那世外之地浩瀚无垠，我仿佛就在汪洋大海中上下浮游。

祝融戒而还衡兮[1]，腾告鸾鸟迎宓妃[2]。张《咸池》奏《承云》兮[3]，二女御《九韶》歌[4]。使湘灵鼓瑟兮[5]，令海若舞冯夷[6]。玄螭虫象并出进兮[7]，形蟉虬而逶蛇[8]。

**【注释】**①祝融：帝喾时期的火官，后被尊为火神，也以为火或火灾的代称。还衡：衡，车辕前木，这里代指车。还衡就是回车。

②腾告：传告。宓（fú）妃：神话传说中的洛水女神。

③《咸池》：古乐曲名，《礼记·乐记》：“咸池，备矣。”郑玄注：“黄帝

所作乐名也，尧增脩而用之。”一说为舜乐。《承云》：传说为黄帝时期的乐曲，一说为颛顼乐曲。

④二女：这里指尧的两个女儿，即娥皇、女英。御：侍奉弹奏，吹奏。《九韶》：古代音乐名，周朝雅乐之一，为舜时期所作。另一说为帝喾时所作。

⑤湘灵：古代神话传说中的湘水之神。

⑥海若：古代神话传说中的海神。冯（píng）夷：古代神话传说中的河神，即河伯。

⑦玄螭：玄，黑色。螭，一种无角之龙。

⑧蟉虬（liú qiú）：屈曲盘绕的样子。

**【译文】**火神祝融劝告我调转车头，传告鸾鸟去迎接宓妃。张设《咸池》之乐，弹奏《承云》之曲，娥皇、女英也演奏起《九韶》之歌。让湘水之神鼓瑟，让海神河伯共同舞动。黑龙与水怪一起嬉戏玩乐，形体屈曲婉转自如。

雌蜺便娟以增挠兮①，鸾鸟轩翥而翔飞②。音乐博衍无终极兮③，焉及逝以俳佪。舒并节以驰骛兮④，逴绝垠乎寒门⑤。轶迅风于清源兮⑥，从颛顼乎增冰⑦。历玄冥以邪径兮⑧，乘间维以反顾⑨。

**【注释】**①便（pián）娟：轻盈美好的样子。增挠：增，通“层”。挠通“绕”。增挠就是层层缠绕。

②轩翥（zhù）：高飞。

③音乐：古代的音与乐是有区别的，《礼记·乐记》中讲：“音之起，由人心生也。人心之动，物使之然也，感于物而动，故形于声。声相应，故生

变，变成方谓之音。比音而乐之，及干戚、羽旄，谓之乐。”博衍：这里形容乐声博大广远、舒展绵延的样子。

④并节：两相并的马鞭。驰骛（wù）：疾驰，快跑。

⑤逴（chuō）：远。绝垠：极远的地方。一说指天边。寒门：古代神话传说中北方极其寒冷的地方。

⑥轶（yì）：本义是后车超越前车，这里引申为超越。迅风：疾风。清源：北极寒风的源头，传说中的八风之府。

⑦颛顼（zhuān xū）：上古帝王名，“五帝”之一，号高阳氏。增冰：层层积累的冰雪，意在描述北方严寒的景象。

⑧玄冥：北方水神。邪径：斜路，弯路。

⑨间维：古称天有六间，地有四维，故间维指天地之间。

**【译文】**艳丽轻盈的彩虹层层缠绕，青鸾神鸟高飞盘旋。音乐舒缓绵延不绝于耳，我无所适从周游徘徊。放松缰绳任马狂奔，到达天边北极寒门。超越疾风来到寒风之源，跟随颛顼登上层层厚冰。经过玄冥前面的崎岖弯路，在天地之间顾盼不已。

召黔嬴而见之兮①，为余先乎平路。经营四荒兮②，周流六漠③。上至列缺兮④，降望大壑⑤。下峥嵘而无地兮⑥，上寥廓而无天。视倏忽而无见兮⑦，听惝恍而无闻⑧。超无为以至清兮，与泰初而为邻⑨。

**【注释】**①黔嬴（yíng）：造化之神。

②经营：周边往来。四荒：四方荒远之地。

③周流：四处游观。六漠：指天地四方。

④列缺：也作“列缺”，指高空中闪电所显现的空隙。

⑤大壑（hè）：大海。

⑥峥嵘：深远，深邃。

⑦倏忽：这里形容看不清楚。

⑧惝怳（chǎng huǎng）：这里形容听起来模糊不清。

⑨泰初：道家指天地未分之前的混沌元气，后来也指天地形成前的时期。

**【译文】**召唤造化之神前来相见，让他为我将道路先行铺平。我在四方荒凉之地往来，周游六合广漠之境。向上直到闪电之处，向下俯瞰大海之深。下面高远深邃不见大地，上面辽阔空远不见苍天。模模糊糊什么都看不清，恍恍惚惚什么也听不见。超越无为清净的境界，与原始太初永远为邻。

# 卜 居

**【题解】**《卜居》就是问卜居处的意思，通过占卜来决定以什么样的态度来对待社会现实。以王逸为代表的古人认为《卜居》是屈原所作，因为这一篇出于屈子之学，但是郭沫若等今人并不这么认为，因为这一篇的表达形式并不像屈原亲手所写定的。所以关于本篇的作者，至今依然多有争议。

本篇采用散文式的笔法进行叙述，用连续式的排比疑问句，来表达对黑暗现实义愤填膺的控诉，以问句的形式对比正反两方面的人生之路。全篇表达了屈原对黑暗现实的激愤及他所做出来的积极的抗争，并表现出了他对美善的坚持、对丑恶的弃绝。屈原对面临的选择没有迟疑，通过这一番问话，他的心情表露无疑。蒋骥说："《卜居》本义，盖以恶既不可为，而善又不蒙福，故向神而号之，犹阮籍途穷之泣也。"

篇中这种主客问答的形式，常为后人所称颂，被视为介于诗歌与散文之间的一种新体裁，是"不歌而诵"的汉赋的先导。

屈原既放，三年不得复见。竭知尽忠[①]，而蔽鄣于谗[②]。心烦虑乱，不知所从。往见太卜郑詹尹曰[③]："余有所疑，愿因先生决之[④]。"詹尹乃端策拂龟[⑤]，曰："君将何以教之[⑥]？"屈原曰："吾宁悃悃款款朴以忠乎[⑦]？将送往劳来斯无穷乎[⑧]？宁诛锄草茅以力耕乎？将游大人以成名乎？宁正言不讳以危身乎？将从俗富贵以媮生乎[⑨]？"

**【注释】**①知：同"智"，智慧，才干。

②蔽鄣：鄣，通"障"，阻塞。遮蔽，阻挠的意思。

③太卜：古代掌管卜筮的官员，为卜官之长。郑詹尹：太卜的姓名。一说郑表示郑国，或就是姓。詹，就是"占"，占卜、占筮的意思。尹，官名。

④因：通过，凭借。决：分辨，判断。

⑤端：摆放整齐。策：古代卜筮用的蓍草。龟：龟甲，古代用作占卜的工具。

⑥教：告诉。

⑦宁：宁可，宁愿。悃（kǔn）悃款款：诚恳，诚挚，忠诚勤勉的样子。朴：本性，本质。

⑧送往：送别去者。劳来：来，归服，这里指归服的人。慰问、劝勉归服的人。

⑨媮（tōu）生：媮，通"偷"。苟且求活，无所作为地生活。

**【译文】**屈原已经遭到放逐，三年都没有再见到楚王。他为了国家与君王竭尽智慧与忠诚，却因小人的谗言而受到冤枉。屈原心中烦闷不已，心烦意乱不知道该怎么办，于是便去拜访太卜郑詹尹。屈原说："我心里有疑虑，特来请先生帮我决断。"郑詹尹摆好占卜用的蓍草，拂拭龟甲，说："不知道您想说什么事？"屈原说："我应该诚实勤恳，朴实忠厚，还是应该无休无止地应酬、周旋？我应该除草种田过此一生，还是要无休止地应酬、周旋？应该奋不顾身地忠言直谏，还是要追求富贵苟且偷生？"

“宁超然高举以保真乎[①]？将哫訾栗斯[②]，喔咿儒儿以事妇人乎[③]？宁廉洁正直以自清乎？将突梯滑稽[④]，如脂如韦[⑤]，以洁楹乎[⑥]？宁昂昂若千里之驹乎？将氾氾若水中之凫乎[⑦]，与波上下，偷以全吾躯乎？宁与骐骥亢轭乎[⑧]？将随驽马之迹乎？”

**【注释】**①超然：形容远走高飞、遗世独立的样子。高举：远走高飞，这里指隐退山林。

②哫訾（zú zī）：阿谀奉承。栗斯：献媚的样子。

③喔咿（wō yī）：献媚强笑的样子。儒儿：强颜欢笑的样子。

④突梯：圆滑的样子。滑（gǔ）稽：一种能转注吐酒，且终日不竭的酒器，借指善于迎合别人的样子。

⑤韦：本指熟牛皮，这里是柔软的意思。

⑥楹（yíng）：厅堂的前柱。

⑦氾氾：漂浮、浮行的样子。凫（fú）：野鸭。乎：一本没有这个字。

⑧亢轭：并驾齐驱。

**【译文】**“是要超然世外保持真性情，还是要阿谀逢迎，屈己从俗，像取媚妇人一般奴颜婢膝？是要廉洁正直洁身自处，还是要圆滑世故，如油脂滑腻的熟牛皮一样柔软没有骨气？是要器宇轩昂像矫健的千里马，还是像水中鸟浮游不定，随波逐流？是要与骏马并驾齐驱，还是追随劣马的足迹？”

“宁与黄鹄比翼乎[①]？将与鸡鹜争食乎[②]？此孰吉孰凶？何去何从？世溷浊而不清，蝉翼为重，千钧为轻[③]；黄钟毁弃[④]，瓦釜雷鸣[⑤]；谗人高张[⑥]，贤士无名。吁嗟默默兮[⑦]，谁知吾之廉贞！”詹尹乃释策而谢，曰：“夫尺有所短，寸有所长，物有所不足，智有所不明，数有所不逮[⑧]，神有所不通。用君之心，行君之意，龟策诚不能知事[⑨]。”

**【注释】**①黄鹄（hú）：鸟名，这里比喻高才贤士。

②鸡鹜（wù）：鸡和鸭，这里比喻小人或平庸的人。

③千钧：钧，古制三十斤为一钧。千钧代表最重的东西。

④黄钟：古乐十二律之一，是最响亮最宏大的声调，这里指声调合于黄钟律的大钟。

⑤瓦釜：陶制的锅，这里代表鄙俗音乐。

⑥高张：居于高位而嚣张跋扈，趾高气扬。

⑦吁嗟（xū jiē）：感慨，叹息。默默：形容无话可说的样子。

⑧不逮：不及。

⑨知事：一作“知此事”，当从之。

**【译文】**“是要与黄鹄比翼齐飞，还是和鸡鸭一道争食？这些事哪些是好的，哪些是不好的？哪些是可以做的，哪些又是不能做的？这世道浑浊，是非不分，薄如蝉翼却说重，千钧之物反说轻；洪亮的黄钟被毁坏抛弃，鄙俗的瓦釜却成了乐器震天雷鸣；谗佞的小人嚣张跋扈，贤能之士却默默无名。唉，不说了吧，谁又能了解我廉洁正直的品行？”郑詹尹放下了筹辞起身道歉：“万事万物各有其长处与短处，智者也会有不懂的地方，卦数有时也会推算不到，神灵的法力也有所不到。就随您的心意而为，龟壳、蓍草实在不能料知此事。”

# 渔 父

**【题解】**与《卜居》一样，《渔父》的作者，也是历来说法不一。东汉王逸《楚辞章句》中，最早认定它为屈原所作。但近人却一般认为这并不是屈原所作，郭沫若就说："《渔父》可能是深知屈原生活和思想的楚人的作品。"

本篇中有屈原和渔父两个人物形象，全文以对比的手法，采用问答形式，表现了两种截然相反的人生态度与思想性格。通过这段问答，揭示屈原的处世态度，表现出他洁身自好、不与世俗同流合污、不惜舍生取义的精神。而渔父则主张"与世推移"，他是游戏人生的隐者，他这种随波浮沉的思想与屈原形成了强烈的对比。屈原的坚定自我，渔父的看透尘世，二者一个执着坚守，一个乐天知命，在这段问答中都表现得淋漓尽致。

屈原既放，游于江潭，行吟泽畔，颜色憔悴①，形容枯槁②。渔父见而问之曰③："子非三闾大夫与④？何故至于斯？"屈原曰："举世皆浊我独清⑤，众人皆醉我独醒⑥，是以见放。"渔父曰："圣人不凝滞于物⑦，而能与世推移。世人皆浊，何不淈其泥而扬其波⑧？众人皆醉，何不餔其糟而歠其釃⑨？"

**【注释】**①颜色：面容，脸色，气色。

②形容：形态，容貌。枯槁：这里形容清瘦的样子。

③渔父（fǔ）：父，对老年男子的尊称。渔父就是打渔的老人，这里的渔父就是隐士的化身。

④三闾大夫：楚国官名，掌管教育楚国王族屈、景、昭三姓宗族子弟。

⑤举世皆浊我独清：浊、清，指品德行为而言。汪瑗《楚辞集解》："清，比己之洁，而浊比世之秽也。"

⑥众人皆醉我独醒：醉、醒，指对楚国形势的认识而言。蒋骥《山带阁注楚辞》："昧于危亡曰醉。"蒋天枢《楚辞校释》："醒，己虽处沉昏之世，仍有所灼见。"

⑦凝滞：拘泥，固执。

⑧淈（gǔ）：搅浑，扰乱。

⑨餔（bū）其糟：本义为吃酒糟，比喻为屈志从俗，随波逐流。歠（chuò）其醨（lí）：本义指饮薄酒，比喻为随波逐流，从俗浮沉。

**【译文】**屈原被流放，在江岸边独自游荡，一边走一边吟哦，面容憔悴，身形枯瘦。有位打渔的老人看见了他，便问道："这不是三闾大夫吗？您为什么会沦落到这步田地？"屈原说："这世上的人，品德都污秽不堪，只有我清白无比；这沉昏的世道，大家都沉醉其中，只有我清醒而已。所以才被放逐了。"渔父说："有圣德的人不会被外界事物所束缚，而能随着世道一起变化推进。既然世上的人都浑浊不清醒，那你何不搅混这泥水，也扬起浊波？既然大家都醉生梦死，你为何不也跟着吃吃酒糟喝喝薄酒？"

"何故深思高举[①]，自令放为？"屈原曰："吾闻之：新沐者必弹冠[②]，新浴者必振衣[③]。安能以身之察察[④]，受物之汶汶者乎[⑤]？

宁赴湘流，葬于江鱼之腹中。安能以皓皓之白，而蒙世俗之尘埃乎？”渔父莞尔而笑⑥，鼓枻而去⑦。歌曰：“沧浪之水清兮，可以濯吾缨；沧浪之水浊兮，可以濯吾足⑧。”遂去，不复与言。

**【注释】**①深思：思虑很深，即“独醒”。高举：高出流俗，即“独清”。

②沐：洗头。弹（tán）冠：弹去冠上的灰尘，整冠。

③浴：洗澡。振衣：抖衣服去掉灰尘。

④察察：清洁、洁白的样子。

⑤汶汶（mén）：玷辱、污浊的样子。

⑥莞（wǎn）尔：形容微笑的样子。

⑦鼓枻（yì）：打桨，划桨泛舟。

⑧“沧浪之水清兮”这四句：渔父所唱的《沧浪歌》，也叫《孺子歌》，也见于《孟子·离娄上》，可能是流传于江湘一带的古歌谣。濯（zhuó）：洗涤。

**【译文】**“为什么非要表现得举止清高，以至于将自己弄得被放逐？”屈原说：“我听说，刚洗过头的人一定要弹去帽子上的灰尘，刚洗好澡的人一定要抖落衣服上的尘土。怎么能让清白洁净的身体，沾染上污秽不堪的外物呢？我宁愿跳入湘江碧水，葬身于鱼腹之中。怎么能让洁白纯净之身，蒙上世俗的尘泥？”渔父听了微微一笑，摇动船橹顺流而去。渔父唱道：“沧浪之水清又清，可以清洗我帽缨；沧浪之水若浑浊，可以清洗我双足。”于是就此径自远去，不再与屈原说话。

# 九 辩

**【题解】**《九辩》是宋玉的代表作。宋玉，楚人，生卒年不详。王夫之在《楚辞通释》中说："辩，犹遍也，一阕谓之一遍。盖亦效夏启《九辩》之名，绍古体为新裁，可以被之管弦。其词激宕淋漓，异于风雅，盖楚声也。"所以，"九辩"是"九阕"或"九遍"的意思，宋玉借用这一曲名，撰成由若干篇章组成的新曲调。

《九辩》是继《离骚》之后又一首自叙性长篇抒情诗，其悲秋的主题，成为中国文学史上第一篇情深意长的悲秋之作。一开篇便将萧瑟的秋景与诗人失意巡游、心绪漂浮的内心情感联系起来进行细致地描绘，将悲秋的原因反复抒写，反映出个人不为世所用的孤独，与其绵长不尽的悲哀。

不管是思想内容还是艺术手法，《九辩》都带着对屈原作品效仿的痕迹，但是在艺术上也依然有自己的独创性。其第一次将秋景萧瑟与人的失意悲伤的情感有机地联系在一起，开创了悲秋的题材，使之成为后来中国古代文人常用的借景抒情的形式。

悲哉秋之为气也！萧瑟兮草木摇落而变衰[①]，憭慄兮若在远行[②]，登山临水兮送将归，泬寥兮天高而气清[③]，宋廖兮收潦而水清[④]。憯悽增欷兮薄寒之中人[⑤]，怆怳懭悢兮[⑥]，去故而就新，坎廪兮贫士失职而志不平[⑦]，廓落兮羁旅而无友生[⑧]。惆怅兮而私自怜。

【注释】①萧瑟：草木被秋风吹拂所发出的声音。

②憭慄（liáo lì）：也作“憭栗”，形容凄凉的样子。

③泬寥（xuè liáo）：也作“泬漻”，形容空旷辽阔。

④宋廖（jì liáo）：宋即“寂”。清澄平静的样子。潦（lǎo）：雨水，积水。

⑤憯（cǎn）悽：悲痛，伤感。欷（xī）：叹息。薄寒：秋天轻微的寒气。中（zhòng）：侵袭，伤害。

⑥怆怳（chuàng huǎng）：失意悲伤。懭悢（kuǎng lǎng）：失意惆怅。

⑦坎廪（lǐn）：坎坷不平，这里指困顿，不得志。

⑧廓落：空虚寂寞的样子。羁旅：滞留外乡。友生：友人，朋友。生，语缀，没有实际意义。

【译文】悲哀啊，秋天！大地萧瑟草木凋零，心中一片凄凉，宛若不再归来的远行，又像登山临水，送人踏上归程。空阔辽源，秋日天宇高远气候冷清，寂静清平，江水消退水流澄清。内心凄凉多叹息，秋风微寒其气袭人。满心惆怅悲愤，背井离乡前往新地谋生。世途坎坷，经历艰难险境，贫士削职丢官，内心难以平静。寂寞孤独，孤灵空虚，流落他乡而难觅知音。失意悲伤而自我怜悯。

燕翩翩其辞归兮[①]，蝉宋漠而无声[②]。雁廱廱而南游兮[③]，鹍鸡啁哳而悲鸣[4]。独申旦而不寐兮，哀蟋蟀之宵征[5]。时亹亹而过中兮[6]，蹇淹留而无成[7]。

**【注释】**①翩翩：飞行轻快的样子。

②宗漠：同“寂寞”，静默无声。

③廱廱（yōng）：这里指雁鸣叫的声音。

④鹍（kūn）鸡：一种黄白色的鸟，类似于鹤。啁哳（zhāo zhā）：形容声音繁杂而细碎。

⑤宵征：夜行。

⑥亹亹（wěi）：行进不停的样子。过中：过了中年，步入老境。

⑦蹇（jiǎn）：发语词。淹留：滞留，久留。

**【译文】**燕子翩翩飞回，自北向南而归。寒蝉逐渐静默，不再声声跟随。大雁鸣叫着开始向南展翅，鹍鸡不住地啾啾悲鸣。独自一人，通宵达旦，难以入眠，蟋蟀彻夜哀鸣，勾起悲伤心情。时光消逝，如此已过半生，但却滞留外乡，老大无成。

悲忧穷戚兮独处廓[1]，有美一人兮心不绎[2]。去乡离家兮徕远客[3]，超逍遥兮今焉薄[4]？专思君兮不可化，君不知兮可奈何！蓄怨兮积思，心烦憺兮忘食事[5]。愿一见兮道余意，君之心兮与余异。车既驾兮朅而归[6]，不得见兮心伤悲。倚结軨兮长太息[7]，涕潺湲兮下沾轼[8]。

**【注释】**①穷戚：戚，通“促”，局促。穷戚就是困顿的意思。廓：空旷辽廓，这里指空虚寂寞的地方。

②绎（yì）：通“怿”，欢喜，喜悦。

③徕（lái）：同“来”，一本即作“来”。

④超：远。逍遥：这里指漂泊无依靠。

⑤烦憺（dàn）：烦闷忧愁。

⑥朅（qiè）：离去。

⑦结軨（líng）：车栏，古代车箱的前、左、右三面，用木条一横一竖交叉结成许多方格，形似窗棂。

⑧潺湲（chán yuán）：本指水流不断的样子，这里形容泪流不断。轼：古代设在车箱前供立乘者凭靠或扶着的横木。

**【译文】**悲愁困顿，空虚寂寞，像我如此美人却心中郁结。背井离乡身为异客，漂泊无依又能去往哪里？一心思念君王而不可改变，但是君王却并不了解我，这该如何是好？相思哀怨积累满满，有心烦躁以至于无心进餐。但愿能与君王得见一面，可以尽情诉说我的心意，然而君王的心思却与我完全迥异。驾好车马去而又回，见不到君王内心悲切郁悒。依靠车栏无奈叹息，泪水横流沾湿车轼。

忼慨绝兮不得[①]，中瞀乱兮迷惑[②]。私自怜兮何极？心怦怦兮谅直[③]。皇天平分四时兮[④]，窃独悲此廪秋[⑤]。白露既下百草兮，奄离披此梧楸[⑥]。去白日之昭昭兮，袭长夜之悠悠。离芳蔼之方壮兮[⑦]，余萎约而悲愁[⑧]。

**【注释】**①忼慨（kāng kǎi）：激昂，愤慨。

②瞀（mào）乱：昏乱，烦乱。

③怦怦（pēng）：心急的样子。

④皇天：对天及天神的尊称。

⑤窃：私下，私自。多用为谦词。廪秋：廪，通“凛”，寒冷。廪秋就是

寒秋的意思。

⑥奄（yǎn）：快速。离披：形容树叶凋零，树枝扶疏的样子。梧楸（qiū）：梧桐与楸树。两种树都逢秋而早凋。

⑦芳蔼：芳香而繁盛。

⑧萎约：萎靡而穷困。

**【译文】**激愤不平却又无法决绝，心中烦乱，心惑神迷。独自哀怜何时能了，纵使急切也一颗忠心。皇天平分一年四季，我却独自为这寒秋黯然悲伤。白露已然降临在百草之上，梧桐楸树早已黄叶凋零。告别白日的光明，迎来慢慢长夜，告别壮年的繁茂芬芳，贫病悲愁步入暮年。

秋既先戒以白露兮，冬又申之以严霜。收恢台之孟夏兮[①]，然欿傺而沉藏[②]。叶菸邑而无色兮[③]，枝烦挐而交横[④]；颜淫溢而将罢兮[⑤]，柯彷佛而萎黄[⑥]；萷櫹槮之可哀兮[⑦]，形销铄而瘀伤[⑧]。

**【注释】**①恢台：也作“恢炱”、“恢胎”，形容旺盛、广大的样子。

②然：与“焉”同，用作句首发端词。欿傺（kǎn chì）：停止，敛藏。

③菸（yū）邑：因枯萎而呈现黯淡之色。

④烦挐（rú）：牵缠，纷乱。

⑤颜：形貌。淫溢：形容形貌枯槁瘦弱的样子。罢（pí）：疲劳，衰弱。

⑥柯：草木的枝茎。彷佛：也作“仿佛”，犹模糊，指颜色不鲜明。

⑦萷（shāo）：树梢。櫹槮（xiāo sēn）：形容树木光秃秃的样子。

⑧销铄：销毁，摧残。瘀（yū）伤：气血郁积成病。

**【译文】**天降寒露警醒秋日之至，再下寒霜又到冬天。盛夏草木繁盛的样子皆被收尽，万物生机尽数敛藏。叶子枯萎失去光泽，枝条交错纷乱无序；色泽暗淡即将凋零，枝干枯朽失去生气；树梢干枯令人悲怆，外形颓败而内有瘀伤。

惟其纷糅而将落兮[①]，恨其失时而无当。擥騑辔而下节兮[②]，聊逍遥以相佯[③]。岁忽忽而遒尽兮[④]，恐余寿之弗将。悼余生之不时兮，逢此世之俇攘[⑤]。澹容与而独倚兮[⑥]，蟋蟀鸣此西堂。心怵惕而震荡兮[⑦]，何所忧之多方！卬明月而太息兮[⑧]，步列星而极明[⑨]。

**【注释】**①惟：思，想。纷糅：众多而杂乱。这里指枯枝败草相杂。

②擥：抓住。騑（fēi）辔：指马缰。騑，驾在车辕两旁的马。辔，缰绳。下节：停鞭，使马徐行。

③相佯：也作“相羊”、“相徉”，徘徊，盘桓。

④忽忽：形容时光流逝快速。遒（qiú）尽：遒，迫近。迫近于尽头，终了。

⑤俇（kuāng）攘：纷乱不安的样子。

⑥澹（dàn）：恬淡，淡泊。容与：闲散的样子。倚：凭靠。

⑦怵（chù）惕：也作“怵愁”，戒惧，惊惧。震荡：心神不定。

⑧卬（yǎng）：同“仰”，仰望，抬头向上。

⑨步：行走。列星：遍布天空，定时出现的恒星。

**【译文】**想到草木错杂纷纷凋落，惆怅错失了那些美好时光。抓住缰绳，停鞭慢行，暂且漫步徘徊解愁。岁月匆匆又将流失殆尽，恐怕我的寿命也将难以久长。生不逢时令我内心忧伤，遭逢如此世道纷乱无常。心境淡漠独自呆立一旁，且听那蟋蟀哀鸣响彻西堂。内心担忧恐惧，心情激荡，为何百感交集如此忧伤！仰天长叹望向明月，星夜独步，徘徊至天亮。

窃悲夫蕙华之曾敷兮[①]，纷旖旎乎都房[②]。何曾华之无实兮，从风雨而飞飏[③]。以为君独服此蕙兮，羌无以异于众芳。闵奇思之不通兮[④]，将去君而高翔。心闵怜之惨悽兮，愿一见而有明。重无怨而生离兮[⑤]，中结轸而增伤[⑥]。岂不郁陶而思君兮[⑦]？君之门以九重[⑧]。

**【注释】**①蕙华：蕙草的花。华，同“花”。曾（céng）：通“层”，重叠。敷：伸展，开放，借指花朵开放。

②旖旎：这里指花朵盛多美好、繁盛开放的样子。

③飞飏（yáng）：飘扬，飘荡。

④闵：哀伤，怜念。

⑤重：深深的思考。无怨：言行无可埋怨，也就是无罪。生离：被生生隔离，指被放弃驱逐。

⑥结轸（zhěn）：形容内心忧思缠结，悲愁不已的样子。

⑦郁陶：形容忧思积聚的样子。

⑧九重：旧时说天子之门有九重，就是说其深邃难尽。洪兴祖《楚辞补注》：“天子九门，谓关门、远郊门、近郊门、城门、皋门、库门、稚门、应门、路门也。”

**【译文】**暗自悲叹那层叠蕙花的徐徐绽放，缤纷貌美布满华美殿堂。为何花朵繁盛却没有结下果实，反遭风吹雨打四处飘零。原本以为君王对这蕙花独有欣赏，谁知道在他眼中，这与众花没什么两样。伤心那出众的谋略却不能通达于君王，我即将离开他身边远走至他乡。内心如此忧愁凄凉，希望能再见君王一面倾诉衷肠。感念自己并无罪过反倒被抛弃放逐，内心郁结沉痛徒增悲伤。哪能不忧思郁结思念君王？怎奈他的门第幽深，重重关防。

猛犬狺狺而迎吠兮[①]，关梁闭而不通[②]。皇天淫溢而秋霖兮[③]，后土何时而得漧[④]！块独守此无泽兮[⑤]，仰浮云而永叹。何时俗之工巧兮，背绳墨而改错[⑥]！却骐骥而不乘兮[⑦]，策驽骀而取路[⑧]。当世岂无骐骥兮，诚莫之能善御。见执辔者非其人兮，故駶跳而远去[⑨]。

**【注释】**①狺狺（yín）：犬吠声。

②关：本义为门闩，这里引申为"关塞"。

③淫溢：过度，这里指久雨连绵。秋霖：秋日的淫雨。

④后土：本指土神，这里泛指土地，泥土。漧（gān）：同"乾"，干燥。

⑤块：孤独。无泽：无，或为"芜"的借字。指荒芜的水泽。

⑥绳墨：本指木工画直线时用的墨斗、墨线，这里比喻规矩、法度。

⑦骐骥：骏马，这里比喻贤士。

⑧策：本义指马鞭，这里有驾驭、驱使的意思。驽骀（nú tāi）：劣马，比喻庸人。

⑨駶（jú）：跳跃。

**【译文】**守门的猛犬迎面狂叫，关塞紧闭，桥梁不通。上天降下连绵秋雨，大地何时才能恢复干燥？独守在这荒芜的沼泽之地，仰望浮云长声哀叹不已。为什么当下的风气都是如此善于投机取巧，随便违背法度规矩一切都乱了套。本有骏马却拒绝骑乘，反倒鞭赶劣马走上大道。难道当世真的没有骏马，实在是没有人可以好好驾御。看到那拿着缰绳的车服如此不合适，骏马也会扬蹄飞奔而难以追逐。

凫雁皆唼夫粱藻兮[①]，凤愈飘翔而高举[②]。圜凿而方枘兮[③]，吾固知其鉏铻而难入[④]。众鸟皆有所登栖兮，凤独遑遑而无所集[⑤]。愿衔枚而无言兮[⑥]，尝被君之渥洽[⑦]。太公九十乃显荣兮[⑧]，诚未遇其匹合。谓骐骥兮安归？谓凤皇兮安栖？变古易俗兮世衰，今之相者兮举肥[⑨]。

**【注释】**①凫雁：野鸭与大雁，有时单指大雁或野鸭。唼（shà）：水鸟或鱼吃食。粱：粟米。

②高举：高飞远去，这里有小人得志，贤者因此遁世的意思。

③圜：同“圆”。凿：榫眼，插孔。枘（ruì）：榫头。

④鉏铻（jǔ yǔ）：也作“鉏吾”，通“龃龉”，互相抵触，彼此不相合。

⑤遑遑：匆忙，往来不定。这里形容凤凰因无处可栖息而不安的样子。集：鸟栖止于树。

⑥衔枚：枚，形如筷子，两端有带，可系于颈上。指闭口不言。古代行军会令士兵横枚衔于口中，以防喧哗或叫喊。

⑦被：蒙受，受到。渥（wò）洽：深厚的恩泽。

⑧太公：即太公吕望。

⑨相（xiàng）：看，观察。举肥：相马只选肥壮，这里是讽刺当政者只根据表面现象来挑选人才。

**【译文】**野鸭大雁吞食粟米水藻，凤凰则飘然高飞。圆榫孔遇上方榫头，我原本就知道难以插入匹配。群鸟都有去处可安栖，只有那凤凰难觅安身之处。我原本想要闭口不语，但又难忘曾受君王恩遇。太公九十才得显贵荣耀，实在是之前没能得遇明君。良马归宿应在哪里？凤凰何处才能身栖？古风变易世道衰退，如今相马却只看马是否膘肥。

骐骥伏匿而不见兮，凤皇高飞而不下。鸟兽犹知怀德兮，何云贤士之不处[1]？骥不骤进而求服兮[2]，凤亦不贪餧而妄食[3]。君弃远而不察兮，虽愿忠其焉得？欲寂漠而绝端兮，窃不敢忘初之厚德。独悲愁其伤人兮，冯郁郁其何极[4]！霜露惨悽而交下兮，心尚荅其弗济[5]。霰雪雰糅其增加兮[6]，乃知遭命之将至。愿徼幸而有待兮[7]，泊莽莽与壄草同死[8]。

**【注释】**①处（chǔ）：留，留下。

②骤进：疾速前进。服：驾车。

③餧（wèi）：喂养。妄：胡乱，随便。

④冯：通“凭”，愤懑。

⑤荅：同“幸”，希望。济：成功。

⑥雰（fēn）：雨雪纷飞的样子。

⑦徼幸：徼，通“侥”。希望获得意外成功或由于偶然的原因而得到成功或免去灾害。

⑧泊：留止。莽莽：草类茂盛的样子。壄：同“野”。

**【译文】**骏马都藏匿起来不愿现世，凤凰都高高飞翔而不落凡尘。鸟兽尚且知道怀德感恩，怎能说贤士不肯效忠而选择别离？骏马不会急求驾车，凤凰也不愿贪图吃喝。君王嫌弃贤士不辨善恶，即使我愿意效忠可又能如何？原本想自甘寂寞断绝对君王的眷恋，但私下里却又不敢忘记君王当初的恩德。独自悲愁令人伤心形瘦，满腔愤懑又将何时终极。霜露齐降悲惨又凄清，还希望它们的破坏无法成功。霰雪混杂越下越紧，方得知厄运即将降临。心存侥幸想要再多等待，却怕跟路边野草同归于尽。

愿自往而径游兮，路壅绝而不通①。欲循道而平驱兮，又未知其所从。然中路而迷惑兮，自厌桉而学诵②。性愚陋以褊浅兮③，信未达乎从容④。窃美申包胥之气盛兮⑤，恐时世之不固。何时俗之工巧兮？灭规矩而改凿⑥。独耿介而不随兮，愿慕先圣之遗教。处浊世而显荣兮⑦，非余心之所乐。与其无义而有名兮，宁穷处而守高⑧。

**【注释】**①壅（yōng）绝：阻塞，断绝。

②压：克制。桉（ān）：通“按”，克制。学诵：后文所说的诵读《诗经》，一说为学习写宜于诵读的韵文。

③褊（biǎn）浅：褊，原指衣服狭小，后泛指小。心地、见识等狭隘肤浅。

④达：通晓，明白。

⑤窃美：私下，暗自赞美。申包胥：春秋时期楚国大夫。公元前506年冬天，吴国伐楚，郢都被占领，楚昭王逃到随国。申包胥到秦国请派救兵，在宫廷上痛哭七天七夜，终于感动秦哀公出兵救楚，昭王得以复国。

⑥凿：当作“错”，通“措”，措施，法度。

⑦显荣：显赫荣耀，多指仕官而言。

⑧穷处（chǔ）：穷，处境困难。处，居。高：清高，高尚。

**【译文】**想要径自前行畅游一番，但道路阻塞不能通行。想要遵循大道平稳驱驰，怎奈无人指引而无所去从。走到半路内心迷惑不已，只得克制情感作歌吟诵。本性愚笨孤陋，为人狭隘肤浅，实在不知道应该如何行事。暗自赞美申包胥志气高扬，恐怕当世的时势与那时不同。为什么时下风气都是善于投机取巧，要毁弃已有的规矩并改变法度。我光明正直不会随波逐流，愿遵循前代圣贤的遗范遗教。身处浊世求得显贵荣耀，这绝对不是我内心喜好。与其没有道义而徒有虚名，宁愿身居困境将操守保持。

食不偷而为饱兮①，衣不苟而为温②。窃慕诗人之遗风兮③，愿托志乎素餐④。蹇充倔而无端兮⑤，泊莽莽而无垠⑥。无衣裘以御冬兮，恐溘死不得见乎阳春⑦。

**【注释】**①偷：苟且，怠惰。

②苟：随便，马虎，不审慎。

③诗人：指前代的先贤圣哲。遗风：前代或前人遗留下来的风教。

④素餐：无功受禄，不劳而食，白吃饭。王夫之《楚辞通释》："托志素餐，以素餐为耻。"一说指俭朴的饮食。

⑤蹇：通"謇"，句首发语词。充倔：断绝阻塞。倔，一说通"屈"，委屈的意思。

⑥泊莽莽：无边无际。

⑦溘（kè）：突然。

**【译文】**不能为了饱腹便苟且求食，不能为了穿暖便苟且索要衣物。暗自追慕古风遗教，在粗茶淡饭中磨砺志气节操。媒理断绝，导致我无处可去，就仿佛身处荒野毫无边际。没有衣袄抵御冰冷寒冬，恐怕我突然死去再也见不到温暖春日。

靓杪秋之遥夜兮①，心缭悷而有哀②。春秋逴逴而日高兮③，然惆怅而自悲[④]。四时递来而卒岁兮[⑤]，阴阳不可与俪偕[⑥]。白日晼晚其将入兮[⑦]，明月销铄而减毁。

【注释】①靓（jìng）：通“静”，平和。杪（miǎo）秋：晚秋。杪，本指树枝尽头，多指年月或季节的末尾。

②缭悷（lì）：也作“缭戾”，形容又是萦绕缠结的样子。

③春秋：代指时间，这里指年纪、年龄。逴逴（chuō）：越走越远的样子。高：这里指时光流逝，一天天地老去。

④然：与“焉”同，用为句首发语词。

⑤递（dì）：同“遞”，交替，轮流。

⑥俪偕：偕同，在一起。

⑦晼（wǎn）：太阳偏西，日将暮。

【译文】暮秋长夜如此寂静，无限悲愁在内心缠结。岁月悠远如流，年华日渐老去，令人惆怅而倍感凄凉。四季交替一年将尽，寒暑不同怎能同时存在。夕阳昏暗将要西边而下，明月缺圆亏损而惨淡无光。

岁忽忽而遒尽兮[①]，老冉冉而愈弛[②]。心摇悦而日夻兮[③]，然怊怅而无冀[④]。中憯恻之凄怆兮[⑤]，长太息而增欷[⑥]。年洋洋以日往兮[⑦]，老嵺廓而无处[⑧]。事亹亹而觊进兮[⑨]，蹇淹留而踌躇。

【注释】①遒（qiú）尽：迫近于尽头，终了。

②弛：同“驰”，本义指放松弓弦，这里指放松，松弛。

③摇悦：喜悦。夻：同“幸”。

④怊（chāo）怅：犹“惆怅”。

⑤憯（cǎn）恻：悲痛。凄怆：凄惨悲伤。

⑥欷（xī）：悲伤地叹息。

⑦洋洋：形容岁月匆匆流逝的样子。

⑧寥（liáo）廓：空虚，空阔。

⑨亹亹（wěi）：勤勉不倦的样子。觊（jì）：希望，企图。

**【译文】**这一年匆匆又将过完，老境将至但身心释然，暂且放松自己。心怀喜悦天天抱着侥幸的想法，但最终却满心忧虑失去希望。心中惨痛常常惆怅，长声叹息徒增悲伤。时光匆匆一天天流逝，年老空虚无处托依。不断勤勉也想要进取，滞留不前独自踌躇彷徨。

何氾滥之浮云兮[①]，猋壅蔽此明月[②]！忠昭昭而愿见兮[③]，然露曀而莫达[④]。愿皓日之显行兮[⑤]，云蒙蒙而蔽之[⑥]。窃不自聊而愿忠兮[⑦]，或黕点而污之[⑧]。

**【注释】**①氾滥：也作“泛滥”，这里形容浮云层层涌现。

②猋（biāo）：本为犬奔貌、群犬奔貌，引申为疾进貌。

③见：同“现”，显现，显露，剖白心迹。

④露（yīn）：同“阴”，乌云蔽日。曀（yì）：阴沉而有风，昏暗。

⑤皓日：明亮的太阳，比喻君主。显行：显，光明。光耀地运行。

⑥蒙蒙：形容幽暗、模糊不清的样子。

⑦聊：同“料”，考虑，估量。

⑧黕（dǎn）点：污垢。

**【译文】**为什么浮云漫天涌现，飘势迅猛连明月都能遮挡！忠心耿耿愿意对君王剖白心迹，但乌云蔽日却实在难以如愿。希望太阳能光明显耀地运行长空，可恨那迷蒙的乌云却将其遮掩。奋不顾身只想要能对君王效忠，有人却无端毁谤对我围攻污蔑。

尧舜之抗行兮[1]，瞭冥冥而薄天[2]。何险巇之嫉妒兮[3]，被以不慈之伪名[4]？彼日月之照明兮，尚黯黮而有瑕[5]。何况一国之事兮，亦多端而胶加[6]。

**【注释】**①抗行：高尚的行为。

②瞭（liǎo）：明亮。冥冥：甚远。薄：逼近，靠近。

③险巇（xī）：也作"险戏"，崎岖险恶，这里指奸险小人。

④被（pī）：加在身上。

⑤黯黮（dǎn）：昏暗不明。瑕：瑕疵，斑点。

⑥胶加：乖戾，缠绕无绪。

**【译文】**唐尧虞舜素有高尚德行，光辉明亮直上云天。为什么险恶小人能如此嫉妒，让他们也蒙受那不慈的冤名？太阳与月亮光辉朗照，尚且有阴影瑕疵难以避免。更何况一国之繁杂政事，更是头绪繁多、杂乱无绪。

被荷裯之晏晏兮[1]，然潢洋而不可带[2]。既骄美而伐武兮[3]，负左右之耿介[4]。憎愠惀之修美兮[5]，好夫人之慷慨[6]。众踥蹀而日进兮[7]，美超远而逾迈[8]。农夫辍耕而容与兮，恐田野之芜秽[9]。

**【注释】**①裯（dāo）：袛裯，贴身短衣。晏晏：漂亮轻柔的样子。

②潢洋：王逸注："潢洋，犹浩荡。不著人貌也。"这里形容衣服宽大、宽松的样子。

③骄美：自负有美德。伐：自我夸耀。

④负：凭借。左右：近臣，侍从。耿介：这里指近臣的貌似雄武。

⑤愠惀（yùn lún）：心有所蕴积而不善表达。

⑥夫人：夫，发语词。那些小人。慷慨：巧言令色，能说会道。

⑦踥蹀（qiè dié）：奔走，小步行进的样子。

⑧美：有美德的人。超远：引身远去。逾迈：过去，消逝。

⑨芜秽：荒芜，指土地因为缺少整治而杂草丛生。

**【译文】**披上荷叶短衣漂亮轻柔，但是太过宽松而不能束腰带。自我夸耀美德与武功，仰仗着貌似雄武的近臣。不善表达的忠诚之士遭遇嫌弃，巧言令色的卑鄙小人反倒讨得欢喜。群小竞相钻营献媚得以高升，贤士孤傲脱俗却日渐疏远。农夫停下锄头放任闲逛，恐怕田地就将越来越荒芜。

事绵绵而多私兮[①]，窃悼后之危败。世雷同而炫曜兮[②]，何毁誉之昧昧[③]！今修饰而窥镜兮[④]，后尚可以窜藏[⑤]。愿寄言夫流星兮，羌倏忽而难当[⑥]。卒壅蔽此浮云兮，下暗漠而无光。尧舜皆有所举任兮，故高枕而自适。谅无怨于天下兮，心焉取此怵惕[⑦]？乘骐骥之浏浏兮[⑧]，驭安用夫强策[⑨]？

**【注释】**①绵绵：形容长而细小，且连续不绝的样子。

②雷同：这里比喻世人随声附和、众口一词。炫曜：夸耀，吹捧。

③昧昧：昏暗，模糊不清，这里指是非不明。

④修饰：梳妆打扮，这里指整顿国家事务。

⑤窜藏：窜，伏匿，潜藏。隐匿，潜藏，这里指逃过危险，谨慎自保。

⑥当：值，遇到。

⑦怵惕：也作“怵愁”，惊惧。

⑧浏浏：本义指水流清澈。这里形容马匹如水流动一般奔跑，奔驰畅快。

⑨驭：驾驭马车。策：驱赶骡马役畜的鞭棒。

**【译文】**事务琐碎又老想着饱私囊，不得不暗自担心国家日后会败亡。世人随声附和相互夸耀，好坏不分、是非不明。如今修饰容颜都要照照镜子，今后还可以隐藏以逃过危险。想要托流星向君王进言，但它眨眼便飞去难以遇上。最终乌云遮蔽漫天，世间一片黯淡而没有了光明。唐尧虞舜举贤任能，所以高枕无忧从容安逸。他们确实不受天下人的埋怨，又怎会心中发慌而忧惧不安？骑着骏马畅快地奔驰，这驾驭之道怎能与马鞭的劲悍有所关联？

谅城郭之不足恃兮①，虽重介之何益②？邅翼翼而无终兮③，忳惽惽而愁约④。生天地之若过兮⑤，功不成而无效。愿沉滞而不见兮⑥，尚欲布名乎天下⑦。然潢洋而不遇兮⑧，直怐愗而自苦⑨。

**【注释】**①城郭：城墙。城，内城的墙。郭，外城的墙。

②重介：厚重的铠甲。

③邅（zhān）：难行不进，回旋不前。翼翼：恭敬小心谨慎的样子。

④忳（tún）：忧郁，愁闷。惽惽（hūn）：精神昏聩，神志不清。愁约：悲愁困苦。

⑤若过：若白驹过隙，形容时间过得很快。

⑥沉滞：沉抑埋没，不得伸展。

⑦布名：扬名。天下：古时多指中国范围内的全部土地。

⑧潢洋：形容无所遇合的样子。

⑨怐愗（kòu mào）：愚昧，愚钝。

**【译文】**城郭的坚固并不足以仰仗凭靠，即便盔甲再厚重又有什么用？艰难谨慎前行看不到结果，忧郁烦闷失意潦倒。人生一世，便如天地间的白驹过隙，无功无名事业无成。甘愿隐居埋没于人群，却还想要在世间留名天下播扬。然而世事茫茫难以知遇贤君，只不过是愚钝不堪自讨苦吃。

莽洋洋而无极兮①，忽翱翔之焉薄？国有骥而不知乘兮，焉皇皇而更索②？宁戚讴于车下兮③，桓公闻而知之。无伯乐之相善兮，今谁使乎誉之？罔流涕以聊虑兮④，惟著意而得之⑤。纷纯纯之愿忠兮⑥，妒被离而鄣之⑦。

**【注释】**①莽洋洋：形容荒野辽阔的样子。

②皇皇：即“惶惶”，形容惶惑、迷惑的样子。

③宁戚：春秋卫国人，齐国大夫。讴：清唱。

④罔：同“惘”，忧愁，惆怅。聊虑：暂且思索一下。

⑤著（zhuó）意：集中注意力，用心。

⑥纯纯：形容忠诚、诚挚的样子。

⑦被离：通“披离”，纷乱、杂沓的样子。鄣（zhàng）：同“障”，阻隔，遮掩。

**【译文】**荒野辽阔一望无垠，飘忽飞翔在哪里停留？国有骏马却不知驾乘，为何匆匆忙忙另外索求？宁戚在牛车下唱歌抒情，齐桓公听了便知道他才能出众，授予他国卿。没有伯乐相马的好本领，如今虽有良马又能有谁来鉴评？怅惘流泪且深思，只有用心求访才能得到贤士。满怀热忱愿效忠君王，可小人的嫉妒却纷至沓来，纷纷阻碍。

愿赐不肖之躯而别离兮[1]，放游志乎云中。乘精气之抟抟兮[2]，骛诸神之湛湛[3]。骖白霓之习习兮[4]，历群灵之丰丰[5]。左朱雀之茇茇兮[6]，右苍龙之躣躣[7]。属雷师之阗阗兮[8]，通飞廉之衙衙[9]。

**【注释】**①不肖：自谦的称呼。

②精气：阴阳精灵之气，古时认为天帝之间万物，都是秉承精气所生。抟抟（tuán）：形容凝聚如团的样子。

③骛（wù）：追求，追逐，奔驰。湛湛：众多，聚集在一起的样子。

④习习：形容频频飞动、快速飞行的样子。

⑤群灵：群神，指众多星宿之神。丰丰：众多。

⑥朱雀：星宿名，二十八宿中南方七宿的总称。茇茇（pèi）：形容轻快飞翔的样子。

⑦苍龙：星宿名，二十八宿中东方七宿的总称。躣躣（qú）：蜿蜒而行的样子。

⑧属（zhǔ）：联接，跟着。阗阗（tián）：形容声音洪大，这里指雷声洪大。

⑨通：应为“道”，开路、引导。衙衙（yú）：行走的样子。

**【译文】**请赐我远去，我将纵情神游与江湖云水之中。乘着天地间一团精气，追随那一群群的神灵。驾着白虹翩翩飞，穿过闪烁的繁星，遍游苍穹。左边的朱雀飞舞翱翔，右边的苍龙蜿蜒前行。雷师跟着擂响鼓，风神在前习习开路。

前轾椋之锵锵兮[1]，后辎乘之从从[2]。载云旗之委蛇兮，扈屯骑之容容[3]。计专专之不可化兮，愿遂推而为臧[4]。赖皇天之厚德兮，还及君之无恙⑤。

**【注释】**①轾（zhì）：车顶前倾的样子。辌（liáng）：一种轻型的马车。锵锵：形容金石撞击发出的洪亮清越的声音，这里指车铃声。

②辎（zī）乘：辎，古代有帷盖的载重车。辎乘就是辎重车辆。从从：车铃声。

③扈（hù）：随从，护卫，多指随侍帝王。屯骑（jì）：聚集车骑。容容：形容车驾侍卫众多，场面盛大的样子。

④臧（zāng）：善，好。

⑤无恙：没有忧患烦恼，幸福安康。

**【译文】**前有卧车铃声锵锵，后有辎车隆隆轰鸣。车上云旗首尾绵延，行如蛇动，两旁群马飞奔如龙，聚集蜂拥。我心志专一不可改变，但愿能推广成为善行。仰仗上天的深厚恩德，保佑楚国君王无灾平安。

# 招 魂

**【题解】**古代丧礼中，将“招魂”称为“复”，就是在逝者尸体安置好之后，带着他的衣物登上屋顶向北高呼其名，以招回客死他乡的迷途亡魂。《招魂》的作者及其所招的对象历来颇有争议，一说是宋玉招屈原的魂，王逸说：“宋玉怜哀屈原忠而斥弃，愁懑山泽，魂魄放佚，厥命将落，故作《招魂》，欲以复其精神，延其年寿。外陈四方之恶，内崇楚国之美，以讽谏怀王，冀其觉悟而还之也”；另说是屈原自招而作，或屈原招楚怀王之魂。本书倾向于屈原奉命为楚怀王招魂而作。

本篇吸收了古代巫术招魂仪式的形式，作者以独特的叙事艺术，将天地四方罪恶艰危的诅咒与对故园舒适惬意的赞美相互融合，尽显对比强烈的艺术张力，最终将对被招魂者的深切同情，上升为对国家、对民族前景的担忧。梁启超称《招魂》“实全部《楚辞》中最酣恣、最深刻之作”，实不为过。

朕幼清以廉洁兮[①]，身服义而未沬[②]。主此盛德兮[③]，牵于俗而芜秽[④]。上无所考此盛德兮，长离殃而愁苦。帝告巫阳曰[⑤]：“有人在下[⑥]，我欲辅之[⑦]。魂魄离散[⑧]，汝筮予之[⑨]！”

**【注释】**①朕：我。廉洁：廉，本义指堂室边缘，后引申为正直端方。行为正派、高洁无私。

②服：履行，践行。沬（mèi）：昏暗不明。

③主：固守，持有。盛德：充实、充盛的德行。

④牵：牵制。芜秽：枯萎污烂，借喻污浊混乱的现实环境。

⑤帝：天帝。巫阳：叫做阳的神巫，古神话中的神医。

⑥人：这里指杰出人才。在下：在人间。

⑦辅：原指附于车辐中心的圆木，起到加固的作用，后引申为辅佐。这里应是特指上天辅助人间的帝王。

⑧魂魄：魂是独立于人身体之外存在的精神，魄在古人看来是依附肉体存在的精神。

⑨筮（shì）予之：筮，用筮草占卜。通过卜筮得知魂魄的所在，将其招还给予其人。

**【译文】**我自小就高洁无私、清白廉洁，亲身践行道义从未昏暗含糊。我一直固守这充盛的德行，但却受制于流俗，以至于身受污秽。上天不能明察这样的美德，我因此长久遭受祸患而终日愁思。天地诏告巫阳说："有位贤人在下界，我打算予以他帮助。他的魂魄已经离身飘散，你可以用占卜的方式为他还魂！"

巫阳对曰："掌梦[①]。上帝其难从。""若必筮予之[②]，恐后之谢，不能复用巫阳焉。"乃下招曰：魂兮归来！去君之恒干[③]，何为四方些[④]？舍君之乐处，而离彼不祥些！魂兮归来！东方不可以托些。长人千仞[⑤]，惟魂是索些。十日代出，流金铄石些[⑥]。彼皆习之，魂往必释些。归来兮！不可以托些。魂兮归来！南方不可以止些。雕题黑齿[⑦]，得人肉以祀，以其骨为醢些[⑧]。

**【注释】**①掌梦：专管解梦的官员。

②若：你，指巫阳。

③去：离开。恒干：此处指魂魄平常所寄托的躯体。

④四方：去四方，为古代祭礼仪式。些（suò）：楚语中常用的语末助词，与“兮”、“焉”、“矣”等类同。

⑤长人：神话传说中东方的巨人族。

⑥金：古代金属的通称。铄：高温销熔。

⑦雕题：南方民族习俗是在额头上描画花纹图案，借此指南方蛮夷国度。黑齿：东南、华南一带民族有将牙齿染黑的习俗。

⑧醢（hǎi）：本义是肉酱。得人肉以祀，以其骨为醢，大约是一种杀人以祭祀的风俗。

**【译文】**巫阳回答说：“这是解梦官的事，天帝您的命令我恐怕难以遵从。”“你必须卜筮还魂给他，若是晚了它们便要消散离去，那时再用你巫阳也无济于事了。”巫阳于是下界招魂说：灵魂啊归来！为什么离开躯体而四处游荡？你离弃了安乐处所，遭受那些灾殃！灵魂啊归来！东方不能安处，那里的巨人身长千丈，专门搜寻人的灵魂来品尝。十个太阳交替出现，金属石块全能销熔。他们自己已经习惯，但灵魂若是到那里必定离散。回来吧，那里不是你的落脚之地。灵魂啊归来！不要在南方停留，那里的人们在额头刺青，将牙齿涂黑，用人肉来进行祭祀，还要将人骨也剁成烂泥。

蝮蛇蓁蓁[①]，封狐千里些[②]。雄虺九首[③]，往来倏忽，吞人以益其心些。归来兮！不可久淫些[④]。魂兮归来！西方之害，流沙千里些。旋入雷渊[⑤]，爢散而不可止些[⑥]。幸而得脱，其外旷宇些[⑦]。赤蚁若象，玄蜂若壶些[8]。

【注释】①蓁蓁（zhēn）：形容聚集、众多的样子。

②封狐：大狐。

③虺（huǐ）：毒蛇。

④淫：淹留。

⑤旋（xuàn）：旋转，卷入。雷渊：古水名。

⑥靡（mí）散：像粉末那样被碾碎。

⑦旷宇：空无一人的荒野。

⑧壶：通“瓠”，葫芦。

【译文】毒蛇丛聚，大狐遍布千里之地。还有九头毒蛇转瞬来去，通过吃人来满足自己的贪欲。回来吧！不要在那里久居。灵魂啊归来！西方险恶，流沙便有方圆千里。风沙飞卷将你埋入雷渊，你会粉身碎骨难觅踪迹。就算侥幸逃脱，外面也是人迹罕至的荒野之地。那里的红蚁像大象那么大，那里的黑蜂也彷如葫芦一般大小。

五谷不生[1]，藂菅是食些[2]。其土烂人，求水无所得些。彷徉无所倚，广大无所极些。归来兮！恐自遗贼些。魂兮归来！北方不可以止些。增冰峨峨[3]，飞雪千里些。归来兮！不可以久些。魂兮归来！君无上天些。虎豹九关，啄害下人些[4]。一夫九首，拔木九千些。豺狼从目[5]，往来侁侁些[6]。悬人以娭[7]，投之深渊些。致命于帝[8]，然后得瞑些[9]。

【注释】①五谷：古指五种谷物，后泛指一切谷物。

②藂（cóng）：同“丛”，草木丛生的样子。菅（jiān）：多年生草本植

物，很坚韧，茎可编绳，织幔覆盖房顶。

③增冰：增，通“层”，厚积貌。层积累高的冰块或冰山。峨峨：形容高耸的样子。

④啄害：吞噬。

⑤从目：从，通“纵”。眼睛竖长。

⑥侁侁（shēn）：众多的样子。

⑦娭（xī）：同“嬉”，玩弄，戏弄。

⑧致命：申报，复命。

⑨瞑：假寐，小睡。

**【译文】**谷物不能在那里生长，丛生的野草就是食粮。那里的土地能让人皮肉腐烂，而且哪里都找不到水源。在那里徘徊游荡也无所依凭，广阔辽远无边无际。回来吧！别让灾难给自己带来伤害。灵魂啊归来！北方也不是停留之地。那里冰山高耸，飞雪飘扬千里。回来吧，不要在那里耽搁太久。灵魂啊归来！也不要登上天去。那里有虎豹守护九重关口，下界上来的人被它们咬得有来无去。那里还有长着九个脑袋的怪物，可以一口气拔掉九千棵树木。成群的豺狼眼睛倒竖，凶狠地跑来跑去。到那里去的人会被悬挂起来戏弄一番，然后再投进深渊谷底。如此只能报告天帝，之后才能得以小睡休息。

归来！往恐危身些。魂兮归来！君无下此幽都些[①]。土伯九约[②]，其角觺觺些[③]。敦脄血拇[④]，逐人駓駓些[⑤]。参目虎首[⑥]，其身若牛些。此皆甘人[⑦]，归来！恐自遗灾些。

**【注释】**①幽都：古指北方极地，日落于此，物象昏暗，所以称之。一说是神话中地下鬼神统治的地方。

②土伯：伯，古指地方长官，这里指神名。土伯就是土地神。九约：形容土伯身上插满矛戟，杀气腾腾。

③觺觺（yí）：形容尖利的样子。

④敦脄（méi）：厚实的脊背。拇：大拇指。

⑤駓駓（pī）：形容疾行的样子。

⑥参（sān）目：三只眼。

⑦甘人：以食人为甘美。

**【译文】**回来吧！去了那里生命将被危及。灵魂啊归来！不要去往那北方幽暗极地。土地神身上插满剑戟，杀气袭人，头上的双角尖锐锋利。他有厚厚的脊背，伸着血淋淋的尖爪，急速地将人追来赶去。他有虎头三眼，身体就像牛一样粗壮无比。他们都以吃人为美味，回来吧，以免自受其害。

魂兮归来！入修门些[①]。工祝招君[②]，背行先些[③]。秦篝齐缕，郑绵络些[④]。招具该备，永啸呼些。魂兮归来！反故居些[⑤]。

**【注释】**①修门：高大城门，这里指郢都城南三门之一。

②工祝：即“巫祝”，都是主持祭祀仪式的人。巫以乐舞降神娱神，祝则主要负责诵读悼词。

③背行先：巫者背向着前方，面向魂灵，倒退而行，来为魂作引导。

④“秦篝”以下两句：篝是竹笼，缕是丝线，绵络是丝絮之类的织物，编缀在竿头，当做招魂的灵幡，这些都是招魂时所用的器具。

⑤反：同“返”，回归，回返。

**【译文】**灵魂啊归来！进入郢都的城门。巫祝为你招魂，他背对前方，面向魂灵，倒退而走，为你引导前行。秦地竹笼，齐地丝线，郑国的丝絮编织成幡。招魂的器具一应俱全,大家都在长声叫喊。灵魂啊归来!回到你的故园。

天地四方,多贼奸些[①]。像设君室[②],静闲安些。高堂邃宇[③],槛层轩些[④]。层台累榭[⑤],临高山些。网户朱缀,刻方连些[⑥]。冬有突厦[⑦],夏室寒些。川谷径复[⑧],流潺湲些[⑨]。

**【注释】**①贼奸:危害,险恶,就是上文所说的害人、吓人之物。

②像:楚地旧俗,人死后将其遗像设立在室内以供拜祭。

③邃(suì)宇:深邃的房屋。

④槛(jiàn):栏杆。层:多重。轩:楼板,建筑物的上层结构部分。

⑤层台:台,四方而高的建筑物。层台指多层的高台。累榭:累,重叠。榭,台上建起的高屋。

⑥方连:方正形状叠和相连,一种装饰图案。

⑦突(yào):同"窔",深邃。

⑧径复:径或为"往"之误,往复即水流曲折、回环往复。

⑨潺湲(chán yuán):水流动的样子。

**【译文】**天地上下,四面八方,多的是狡诈害人的险恶之物。你的遗像就摆在中堂,显得如此静谧安详。高大的堂屋,深广的屋宇,多重的围栏曲合绵延。台榭层叠,依山而建,朱红的大门上镂刻网状纹饰,方正形状叠和相连。冬天房屋深幽宽敞,夏天内室怡人凉爽。溪流在川谷间动荡往复,水声淙淙,潺湲流动。

光风转蕙[①],氾崇兰些[②]。经堂入奥[③],朱尘筵些[④]。砥室翠翘[⑤],挂曲琼些[⑥]。翡翠珠被,烂齐光些。蒻阿拂壁[⑦],罗帱张些[⑧]。

**【注释】**①光风：晴朗的日子里，蕙草因风吹动而反动，其叶子在日光映照下闪闪发光，所以叫光风。转：摇动。

②汜：摇动。崇：通“丛”。

③奥：室内西南角，指屋子深处。

④尘：遮隔尘土的幕布。筵（yán）：竹席。

⑤砥（dǐ）室：平整的屋室。翠翘：翠鸟的羽毛，装饰用。

⑥曲琼：弯曲之玉，即玉钩，用来挂衣物。

⑦蒻（ruò）：一种蒲草，可以制席。这里就是指蒲席。阿（ē）：细缯，一种织物。拂：这里指把蒻阿铺在壁上。

⑧帱（chóu）：帐子。

**【译文】**阳光下，晴风拂动蕙草，叶子闪闪发光，丛丛兰花摇动，飘来阵阵花香。穿过厅堂走进深幽内房，挂有朱红隔尘的竹席。四壁光亮平整，以翠羽作装饰，又有玉钩来悬挂衣物。鸟羽充斥衾被，珍珠缀饰其上。一眼望去如此灿烂夺目。蒲席、细缯蒙在墙壁之上，还有一张张美丽的绮帐。

纂组绮缟[①]，结琦璜些[②]。室中之观，多珍怪些。兰膏明烛[③]，华容备些[④]。二八侍宿[⑤]，射递代些[⑥]。九侯淑女[⑦]，多迅众些[⑧]。盛鬋不同制[⑨]，实满宫些。

**【注释】**①纂（zuǎn）组：都是丝带，前者是赤色丝带，后者是杂色丝带。绮缟（qǐ gǎo）：均为丝织物。绮是素地织纹起花的丝织物，织采为文称锦，织素为文称绮。缟，白绢。

②琦璜：均为玉器，琦是美玉，璜是半圆形玉璧。

③兰膏明烛：用兰草来熬制油脂，以此做成蜡烛。

④华容：这里或是形容灯具上装饰纹路的华美。

⑤二八：一说即二列。古代乐舞表演以八人为一列，二八就是女乐十六人。一说即十六岁。

⑥射（xī）：通“夕”，夜晚。

⑦九侯：殷代诸侯。纣以姬昌、九侯、鄂侯为三公，九侯有美女送给纣王，纣王不喜欢，便将她杀掉，并将九侯剁成肉酱。

⑧多迅众：盛多貌。

⑨盛鬋（jiǎn）：鬓发盛美。制：发型样式。

**【译文】**各色丝带、素洁绮缟，串结美玉，挂满帐旁。内饰陈设，世间罕见。兰草做成的明烛，通彻透亮，这景象多么富丽堂皇。十六位姑娘分列两班，她们侍奉过夜轮流替换。如同九侯进献的美女，其数不可胜数。各样的盛美鬓发，满布宫室栋宇。

容态好比①，顺弥代些。弱颜固植②，謇其有意些③。姱容修态④，絙洞房些⑤。蛾眉曼睩⑥，目腾光些。靡颜腻理⑦，遗视矊些⑧。离榭修幕⑨，侍君之闲些。

**【注释】**①好比：美丽温柔。

②弱颜固植：外表柔弱，内心坚贞。

③謇（jiǎn）：楚地方言，发语词。

④姱容修态：姱容，美好的容貌。修态，美好的仪态。

⑤絙（gèng）：通“亘”，连续周遍，这里指美丽的侍女罗列，周遍于房室之内。洞房：深邃的内室。

⑥睩（lù）：目明貌。

⑦靡（mǐ）：细密。理：肌理。

⑧遗视：目光停留。矊（mián）：远视貌。

⑨离榭：离宫别苑。修幕：长大的帷幕。

**【译文】**姿容仪态美丽温柔，和顺可人妙不可言。她们外表柔弱，而内心坚贞，人人都表现得意态缠绵。面容美丽姿态娴雅，如此的侍女周边罗列。眉似蚕蛾之须细长弯曲，一双明目顾盼生情，光芒点点。红颜光洁，肌理细腻，目光凝视，情意绵绵。长大的帷幕装饰离宫别苑，在你悠闲之时她们就服侍在你身边。

翡帷翠帐，饰高堂些。红壁沙版[①]，玄玉梁些[②]。仰观刻桷[③]，画龙蛇些。坐堂伏槛，临曲池些[④]。芙蓉始发，杂芰荷些[⑤]。紫茎屏风[⑥]，文缘波些[⑦]。文异豹饰[⑧]，侍陂陁些[⑨]。

**【注释】**①红壁：用红色垩土粉刷墙壁。沙版：以丹砂涂饰隔板。

②玄玉梁：用黑玉装饰的屋梁。

③桷（jué）：椽子。

④曲池：堂前因地形而建造的池子，形制曲回，故称。

⑤芰（jì）：菱，俗称菱角。

⑥屏风：水葵，一种水生植物。

⑦文缘波：紫茎屏风的纹理随着水波上下摇曳浮动。

⑧文异豹饰：侍从们以豹皮为服饰，其纹彩颇为奇异。

⑨陂陁（bēi tuó）：陂，泽畔障水之岸。陁，倾斜貌。山坡水岸高低不平的地方。

**【译文】**翡翠鸟羽装饰帷帐，装饰着高大的厅堂。朱砂遍漆墙壁、隔版，黑玉装饰了屋梁。抬头看那刻花的椽子，舞龙飞蛇雕绘其上。坐在中堂凭栏远望，曲回的池水碧波荡漾。莲花初开，菱叶荷叶接天碧色，水葵的紫茎倒映水中，纹理随波摇荡。侍从们穿着豹皮服饰，上绣奇异纹彩，就在那山坡水岸，耐心等待侍奉。

轩辌既低[①]，步骑罗些。兰薄户树[②]，琼木篱些。魂兮归来！何远为些？室家遂宗[③]，食多方些。稻粢穱麦[④]，挐黄粱些[⑤]。大苦醎酸[⑥]，辛甘行些[⑦]。肥牛之腱，臑若芳些[⑧]。

**【注释】**①轩辌（liáng）：轩，一种曲辕有幡的车，为卿大夫及诸侯夫人所乘坐。辌，卧车。低：停止，停下。

②薄：形容草木丛生的样子。

③室家：家人及宗族。遂宗：闾里宗族。

④粢（zī）：稷，粟米。穱（zhuō）：早熟的麦子。

⑤挐（rú）：杂糅。

⑥大苦：特别苦的味道。

⑦行：味道调和组成。

⑧臑（ěr）：通“胹”，形容熟烂的样子。若：而。

**【译文】**舒适的篷车停下，步骑随从罗列纷纷。丛生的兰花就在门前，玉树成为它们的围栏。灵魂归来吧！为什么要去远方奔赴危险。闾里宗族聚集一处，饮食丰富花色繁众。稻谷粟米，早熟之麦，黄米差赞，其味喷香。苦味、咸味和酸味，甜的、辣的调和相成。肥牛的肌腱，煮熟之后香味扑鼻。

和酸若苦，陈吴羹些。胹鳖炮羔[①]，有柘浆些[②]。鹄酸臇凫[③]，煎鸿鸧些[4]。露鸡臛蠵[5]，厉而不爽些[6]。粔籹蜜饵[7]，有餦餭些[8]。

**【注释】**①胹（ěr）：煮。炮（páo）：烧烤。

②柘（zhè）浆：糖浆。

③鹄：天鹅。酸：用酸的调料烹制鹄肉。臇（juǎn）凫：用少量汁水烹制凫肉。

④鸿：大雁。鸧（cāng）：一种鸟类，大如鹤，青苍色或灰色。

⑤露鸡：风干的腌鸡。臛蠵（huò xī）：把大龟做成羹汤。

⑥厉：味道浓烈。爽：败坏、变质或口感差。

⑦粔籹（jù nǚ）：搓面成细条，组之成束，扭作环形，油炸，今称之为馓子。蜜饵：搀和蜂蜜制成的糕饼。

⑧餦餭（zhāng huáng）：即麦芽糖，饴糖。

**【译文】**调剂酸苦，将吴地特有的羹汤摆出。蒸煮龟鳖，烧烤羔羊，抹上香甜的糖浆。酸的调料烹制鹄肉，少量汁水烹制凫肉，鸿鸧之肉用以煎炸。风干的腌鸡肉，大龟也被做成羹汤，浓烈的味道绝不会令口感受伤。油炸馓子蜜蘸糕饼，桌上也少不了还有饴糖。

瑶浆蜜勺[1]，实羽觞些[2]。挫糟冻饮[3]，酎清凉些[4]。华酌既陈[5]，有琼浆些[6]。归来反故室，敬而无防些。肴羞未通[7]，女乐罗些。陈钟按鼓[8]，造新歌些。《涉江》《采菱》，发《扬荷》些[9]。

**【注释】**①瑶浆：指美酒。蜜勺：甜酒。勺，通“酌”，引申为酒。

②羽觞（shāng）：刻有鸟雀羽纹的酒杯。

③挫糟：挤压清除酒槽。冻饮：冷饮。

④酎（zhòu）：经过多次反复酿成的美酒。

⑤华酌：华美的酒斗。

⑥琼浆：像红色美玉的颜色一样的仙汁。

⑦肴：酒肉之类的荤菜。羞：同“馐”，美味。通：这里为菜上齐的意思。

⑧按：击打。

⑨发：歌唱，演奏。《扬荷》：与之前的《涉江》《采菱》均为楚乐。

**【译文】**琼浆玉液蜜制甜酒，倒满雕刻羽纹的酒杯。清除酒槽冷却酒水，美酒甘醇而清冽。摆好华美的酒器，盛装晶莹的酒浆。回到以往的故居，众人恭敬而不会妨害。酒菜还没有上齐，歌姬舞队列队侍候。敲钟打鼓，将新歌演唱。奏响《涉江》《采陵》，一曲《扬荷》调声清扬。

美人既醉，朱颜酡些①。娭光眇视②，目曾波些③。被文服纤④，丽而不奇些⑤。长发曼鬋，艳陆离些⑥。二八齐容，起郑舞些⑦。

**【注释】**①酡（tuó）：饮酒微醉，面颊红润。

②娭（xī）光：娭，嬉戏。目光、眼神俏皮的意思。眇视：偷看。

③曾波：曾，通“层”。眼波频频、眉目多情。

④被文服纤：被、服都是穿的意思。文，有花纹的丝织衣物。纤，轻薄细软的丝织衣物。

⑤奇（jī）：单一，单调。

⑥陆离：形容美艳的样子。

⑦郑舞：郑地的舞蹈，较为放纵。

**【译文】**美人筵席酒醉，粉白双颊变得红润。她们眼神俏皮抬眼偷看，眼波频频，眉目多情。身着花纹斑斓的细软绢素，华贵美丽缤纷富丽。鬓发修长，鬓角柔美，美艳风采，令人目眩神迷。十六名舞女容仪一致，跳起郑地的舞蹈，舞姿翩迁。

衽若交竿①，抚案下些②。竽瑟狂会③，搷鸣鼓些④。宫庭震惊⑤，发《激楚》些⑥。吴歈蔡讴⑦，奏大吕些⑧。

**【注释】**①交竿：有多种解释，以备参考：第一，"竿"通"干"，即盾牌。何剑熏《楚辞拾沈》认为，交竿即交干，也即起舞时，彼此飞衽交接如盾牌并举；第二，"竿"应作"笄"，即簪子。王泗原《楚辞校释》："或当做笄，则'衽若'谓舞人衽袖皆随旋转而顺向；'交竿'谓舞人首饰交接皆整齐。"第三，"衽若交竿"犹言舞者襟袖上的皱纹有如竹竿相交。第四，"竿"作羽毛解。姜亮夫《楚辞通故·文物部》："衽若疑为集若之误，言舞容委蛇柔弱也；竿当指舞者所持之羽，即《陈风·宛丘》所谓'无冬无夏，值其鹭羽'之羽。"

②抚：循依。案下：案，即"按"，按照节拍。按照节奏徐缓前行。

③竽瑟：竽，管乐器名。瑟，弦乐器名。狂：猛烈。

④搷（tián）：击打，敲击。

⑤宫：堂屋，房室。庭：堂前地。

⑥《激楚》：古代楚国乐曲名，或是取声音高亢凄清的意思。

⑦吴歈（yú）：吴地歌曲。

⑧大吕：古代乐律律调名。

**【译文】**舞动的衣襟飞起交叠，依循节奏徐缓前行。吹竽鼓瑟节奏强烈，击打鼓声震荡心弦。堂屋地面震动不已，歌声传扬满堂震惊，全因这《激楚》之声。吴歌蔡曲，宏伟大吕。

士女杂坐，乱而不分些。放陈组缨①，班其相纷些。郑卫妖玩②，来杂陈些。《激楚》之结③，独秀先些。菎蔽象棋④，有六簙些⑤。分曹并进⑥，遒相迫些⑦。成枭而牟⑧，呼五白些⑨。

**【注释】**①放：解开。陈：陈列。组：丝带。缨：系在颔下固定帽子的绳子。

②妖玩：妖，艳丽。玩，供玩赏的物事或人。

③结：发髻，特指《激楚》的舞者特异的发式。

④菎蔽（kūn bì）：一种竹制的赌博用具。象棋：以象牙制作的棋子。棋，古时博弈用的器物。

⑤六簙（bó）：簙，同“博”，古代一种掷采下棋的比赛游戏。因为簙箸有六根，棋子双方各六枚，故俗称六簙。

⑥分曹：曹，偶。两两对局。

⑦遒（qiú）：急迫。

⑧枭：本意指猫头鹰，这里指簙戏采名。博弈中棋子先期到达者称为“骁棋”，亦“成枭”之义。牟：同“侔”，相等，即势均力敌。

⑨五白：五枚竹片内侧向上，此法用于两方均“成枭”后决定谁最后胜出。

**【译文】**男女混坐，嬉戏纷杂，毫不顾礼。衣带解开，冠帽乱放，座次早已纷乱无章。郑卫两地奇美珍玩，随意遍地任人拿取。跳着《激楚》舞曲的舞姬，梳着奇异的发式，奇特修美无二独一。菎蔽象棋，还有六簙的博弈。两两对局，齐头并进，急迫催促，不让分厘。势均力敌，最终胜负，只得五白决定。

晋制犀比[①]，费白日些。铿钟摇簴[②]，揳梓瑟些[③]。娱酒不废，沈日夜些。兰膏明烛，华镫错些[④]。结撰至思[⑤]，兰芳假些[⑥]。人有所极，同心赋些[⑦]。酎饮尽欢，乐先故些。魂兮归来！反故居些。

**【注释】**①犀比：将犀牛角集中作赌具的加工原料。比，集中。

②铿钟：击钟。铿，撞击。簴（jù）：支持簨的两根立柱。

③揳（jiá）：弹奏。梓（zǐ）瑟：梓木制成的瑟。

④错：这里指灯上错镂雕饰的花纹。

⑤结撰：构思写作。至思：穷思竭虑。

⑥假：至，到来。

⑦赋：诵读，带有一定的韵律节奏。

**【译文】**晋地的犀角赌具聚集，消磨时日欲罢不能。钟声铿铿，钟架摇晃，弹起梓木做的琴瑟。饮酒欢娱上位终止，沉湎欢乐夜以继日。兰草脂膏制作的灯烛如此明亮，华丽的灯具错镂花纹雕琢辉煌。吟诗作赋穷思竭虑，美如兰芳的诗赋辞藻出口而来。众人竭尽才智，同心颂扬赞美。畅饮醇酒，尽情欢愉，让先辈们享受快乐安康。灵魂归来吧！快返回你久违的故乡。

乱曰：献岁发春兮[①]，汩吾南征[②]，菉苹齐叶兮白芷生[③]。路贯庐江兮左长薄[④]。倚沼畦瀛兮遥望博[⑤]。青骊结驷兮齐千乘[⑥]，悬火延起兮玄颜烝[⑦]。步及骤处兮诱骋先[⑧]，抑骛若通兮引车右还[⑨]。

**【注释】**①献岁：岁星又增一躔度，新的一年开始。发春：春天来临。

②汩（yù）：急速的样子。

③菉(lù)苹：菉，草名，又称王刍，可以制黄色染料。苹，植物名，又称为田字草，生浅水，叶子有长柄，夏秋开小白花。齐叶：指叶子长齐。

④长薄：高大浓密的树丛。

⑤倚：站立。沼：水池。畦：成块的田。瀛：池沼。博：广大平整。

⑥骊：黑色的马。结驷：一车司马谓之驷，结驷就是车乘相连。齐千乘：众多马车一齐进发。

⑦悬火：夜间打猎而为焚林驱兽点起的火把。延起：光焰四射，连成一片。玄颜：黑暗的天色。烝(zhēng)：光热上腾。

⑧步：缓慢步行。一说步行的随从。骤：奔跑。处：歇止。诱：引导，导路。

⑨抑骛：或进或止。若：顺畅。

**【译文】**乱辞称：一年复始春意又发，我将匆匆南下。王刍、青苹的叶子刚刚长齐，白芷也开始抽芽萌生。一路征途要过庐江，路途左边长满高大浓密的树丛。站在池塘田边遥望，辽阔的荒野广袤无边。黑色的骏马驷驾相连，众多马车一齐进发。悬挂夜灯火光蔓延，黑暗的天色中光热升腾。或步行，或奔跑，或停歇，或前进，向导们指挥进退通畅，向右拨转车头胜利前行。

与王趋梦兮课后先①，君王亲发兮惮青兕②，朱明承夜兮时不可以淹③。皋兰被径兮斯路渐④。湛湛江水兮上有枫⑤，目极千里兮伤春心。魂兮归来哀江南⑥！

**【注释】**①梦：云梦，这里泛指楚王狩猎区。课：考核，比较。

②发：射箭。惮：通“殚”，杀死。兕(sì)：兽名。

③朱明：太阳。承：接续。淹：停留。

④皋兰：水边兰草。渐：掩盖，淹没。

⑤湛湛：形容江水平稳深广的样子。一说为水深的样子。

⑥江南：长江以南楚国的土地。

**【译文】**跟随君王在云梦狩猎，考核猎物的多少与追猎中的表现。国君御驾亲射杀死青兕，此时太阳也已破晓而升，时光片刻不停。水边的兰草布满小路，小路渐渐为水所淹。平稳清澈的江水静静流淌，江岸的枫林徐徐摇曳。纵目千里一望无垠，春愁满心低落伤感。灵魂啊归来！为如今的江南楚地哀叹！

# 大 招

**【题解】**王逸说："《大招》者，屈原之所作也。或曰景差，疑不能明也。"汉代时既已不能明，所以后世学术界便有诸多争议。一说是景差招屈原魂，一说是屈原招怀王魂。因为文献不足以给出确凿的证据，所以至今尚无定论。但从本篇所描写的名物、制度及场景来开，多序帝王致治之事，所以招魂的身份应为帝王诸侯，这与《招魂》颇为相似，所以以屈原招楚怀王之魂更为合乎情理。

《大招》没有叙文与乱辞，全文均为招魂辞。与《招魂》的所招对象应为同一人。根据史料记载，怀王被骗入秦国，于顷襄王三年（前296）在秦国去世，后归葬于楚国，这期间时间较长。所以怀王死讯传回楚国时，楚国应在国内举行招魂仪式，以招其魂魄归国不散。待到归葬时，则又会举行更为隆重的国葬仪式，因此须有两篇招魂辞，这也许正是《招魂》与《大招》的来历。

《大招》中极力渲染四方凶险怪异，着意烘托楚国故居之美，最后称颂楚国的任人唯贤、政治清明、国势强盛，这实际上是作者理想化了的美政，但也是借此召唤楚王亡魂，并表达了作者对楚国国君的忠诚与眷恋之情。

青春受谢①，白日昭只②。春气奋发，万物遽只③。冥凌浃行④，魂无逃只。魂魄归来！无远遥只。魂乎归来！无东无西，无南无北只。东有大海，溺水浟浟只[⑤]。螭龙并流，上下悠悠只[⑥]。雾雨淫淫[⑦]，白皓胶只[⑧]。

**【注释】**①青：上古观念中，将东方、春季、青色、草木联系在一起。所以此处的青春就是春天、春季的意思。受谢：谢，离去。受谢就是春天承接着冬天离去。

②昭：光明，灿烂。只：语气词，如同《招魂》的“些”字。

③遽（jù）：竞相，争相，竞争。

④冥：幽冥，幽暗。这里或指北方之神玄冥。凌：驰骋。浃（jiā）：遍，周遍。

⑤溺水：这里指水深而易于沉溺万物。浟浟（yóu）：形容水流迅疾的样子。

⑥悠悠：形容游动、行走的样子。

⑦淫淫：形容连绵不断的样子。

⑧皓胶：原本指冰冻的样子，这里形容雨雾白蒙蒙一片，仿佛凝固在天空一般。

**【译文】**冬去春来，阳光如此灿烂明媚。春意盎然，世间万物蓬勃生长。幽冥之神遍行于天地之间，以至魂魄无处逃亡。魂魄归来，不要漂游远方。魂魄归来，不要往东，不要往西，不要往南，不要往北。东面有浩渺的海洋，水深流急。海中螭龙顺水翻滚，上下游动。阴雨连绵不绝，天地间白茫茫一片。

魂乎无东！汤谷宋只[①]。魂乎无南！南有炎火千里，蝮蛇蜒只[②]。山林险隘，虎豹蜿只[③]。鰅鳙短狐[④]，王虺骞只[⑤]。魂乎无南！蜮伤躬只[⑥]。魂乎无西！西方流沙，漭洋洋只[⑦]。

**【注释】**①汤（yáng）谷：即旸谷，古代传说中的日出之地。

②蜒（yán）：形容长的样子。

③蜿（wān）：形容行走的样子。

④鰅鳙（yú yóng）：神话传说中一种鱼的名称。短狐：神话传说中一种能含沙射人的动物。这两者都是善于害人的怪物。

⑤王虺（huǐ）：大蛇。骞（qiān）：抬头，昂首。一说虎视眈眈。

⑥蜮（yù）：即短狐。躬：身体。

⑦漭（mǎng）洋洋：这里形容流沙广大、无边无际的样子。

**【译文】**魂魄啊不要往东！那日出之地的汤谷无声无息，死一般沉静。魂魄啊不要往南，南面有火焰千里，巨大的蝮蛇蜿蜒而行。山林险峻幽深崎岖，虎豹横行，有害人的鰅鳙短狐群聚，还有大蟒不时将头昂起。魂魄啊不要往南！短狐会伤害你的身体。魂魄啊不要往西！西方的流沙无边无际。

豕首纵目[①]，被发鬤只[②]。长爪踞牙[③]，诶笑狂只[④]。魂乎无西！多害伤只。魂乎无北！北有寒山，逴龙赩只[⑤]。代水不可涉[⑥]，深不可测只。天白颢颢[⑦]，寒凝凝只。魂乎无往！盈北极只[⑧]。

**【注释】**①豕（shǐ）首：猪头。

②被（pī）：同“披”。鬤（ráng）：形容毛发蓬乱的样子。

③踞牙：踞，通“锯”，锋利的牙齿。

④诶（xī）笑：嬉笑，这里似是指让人感到厌恶的狰狞的笑。

⑤逴（chuō）龙：应为古代神话传说中的“烛龙”，人面蛇身的怪物，

居于北方的神祇。赩(xì):赤色。

⑥代水:神话传说中的水名。

⑦颢颢(hào):白茫茫。一说闪光的样子,冰雪照耀的样子。

⑧北极:北方极远之地,严寒之所在。

**【译文】**那里有怪物长着猪头竖目,披着满头乱发。有长长的爪子和锯齿一般的牙,会发出令人厌恶的癫狂狞笑。魂魄啊不要往西!那里有太多害人之物。魂魄啊不要往北!北方有寒冷山岭,神祇烛龙遍体通红。还有那渡不过去的代水,只因其深不可测。天空一片白茫茫,寒气凝聚冻结大地。魂魄啊千万不要前往,整个北极都是冰天雪地。

魂魄归来!闲以静只。自恣荆楚[①],安以定只。逞志究欲[②],心意安只。穷身永乐,年寿延只。魂乎归来!乐不可言只。五谷六仞[③],设菰梁只[④]。鼎臑盈望[⑤],和致芳只[⑥]。内鸧鸽鹄[⑦],味豺羹只[⑧]。魂乎归来!恣所尝只。

**【注释】**①恣(zì):无拘束,任凭。

②逞:快意,称心。一说为施展。

③仞:长度单位,古代以七尺或八尺为一仞。

④菰(gū)梁:菰米,可以煮食,做饭香美。

⑤臑(rú):熟烂。盈望:满目都是。

⑥和致芳:调和五味,以使其芳香。

⑦内:通“肭(nà)”:肥美。鸧(cāng):一种形似雁与鹤的鸟,青黑色。鹄:天鹅。

⑧味:品味。

**【译文】**魂魄啊归来,这里闲适又安静。在荆楚大地上自在遨游,是多么地安定。在这里你可以心满意足，可以无忧无虑，心情可以安适畅快。你将能终身快乐，延年益寿。魂魄啊归来！这里的快乐妙不可言。这里的五谷高高堆积，桌上摆着菰米煮成的饭食。大鼎里满是炖的熟烂的食物，调和五味以使其芳香无比。其中有鸧、鸽子、天鹅，调和着豺肉做成羹汤。魂魄啊归来！随你的心意任由你品尝。

鲜蠵甘鸡[①]，和楚酪只[②]。醢豚苦狗[③]，脍苴蓴只[④]。吴酸蒿蒌[⑤]，不沾薄只[⑥]。魂兮归来！恣所择只。炙鸹烝凫[⑦]，煔鹑陈只[⑧]。

**【注释】**①蠵（xī）：大龟。

②酪：乳浆。

③豚（tún）：小猪。苦：用胆调和肉酱以使其苦。

④脍（kuài）：细切。苴蓴（jū pò）：蘘荷，姜科，多年生草本植物，根状茎淡黄色，有辛辣味。

⑤吴酸：吴地人调和酸咸，腌制菜肴。蒿蒌（hāo lóu）：两种草本植物的名称。王逸《楚辞章句》：“蒿，蘩草也。蒌，香草也。”

⑥不沾薄：沾，多汁。薄，无味。即味道不浓不淡。

⑦鸹（guā）：鸟名。《说文·鸟部》：“鸹，麋鸹也。”烝：同“蒸”，用火烘烤使熟。

⑧煔（qián）：把食物放进沸腾的汤中烫熟。

**【译文】**新鲜的大龟，可口的肥鸡，调和了楚地的乳浆。乳猪做成的肉酱，胆汁浸渍的狗肉，再加入切碎的蘘荷调味。吴地调制的蒿菜蒌芽，不浓不但，味道刚好。魂魄啊归来，让你随心所欲选取。烤鸹鸟，蒸野鸭，煮了鹌鹑摆开来。

煎鲼臛雀[①]，遽爽存只[②]。魂乎归来！丽以先只[③]。四酎并孰[④]，不歰嗌只[⑤]。清馨冻歙[⑥]，不歠役只[⑦]。吴醴白蘖[⑧]，和楚沥只[⑨]。

【注释】①鲼（jì）：鲫鱼。臛（huò）：不加菜，全用汤煮，做成肉羹。

②遽爽：极其爽口。

③丽：美，美味。

④四酎（zhòu）：四重酿之醇酒。

⑤歰（sè）：即“涩”，滞涩，不顺滑，这里是使喉咙感到苦涩、不顺滑的意思。嗌（ài）：咽喉。

⑥清馨：形容酒的气味清冽芳香的样子。冻歙（yǐn）：歙即“饮”，冰镇后饮之。一本即作“饮”。

⑦歠（chuò）：饮，喝。役：卑贱之人。

⑧醴（lǐ）：一宿熟的甜酒。蘖（niè）：做酒的曲。

⑨沥：清酒。

【译文】煎鲫鱼，煮雀肉，味道极佳，爽口留香。魂魄啊归来！众多美味已经摆放上来。四重酿造的醇酒已经做熟，顺滑入喉不苦涩。气味清冽芳香，冰镇后饮用更佳，奴仆可无福享用。吴地的甜米酒，白酒曲酿造，掺杂上楚地产的清酒。

魂乎归来！不遽惕只[①]。代秦郑卫[②]，鸣竽张只[③]。伏戏《驾辩》[④]，楚《劳商》只[⑤]。讴和《扬阿》[⑥]，赵箫倡只[⑦]。魂乎归来！定空桑只[⑧]。

【注释】①遽（jù）：恐惧。惕：警惕，戒惧。

②代秦郑卫：古国名，这里指四国的音乐。

③竽：一种管乐器。张：音乐奏起。

④伏戏：即古代神话传说中的神王伏羲。《驾辩》：古曲名。

⑤《劳商》：古曲名。

⑥讴：清唱。《扬阿》：古代楚地歌曲名，即《阳阿》。

⑦箫：一种管乐器。倡：领唱，这里指先行奏乐。

⑧定：调整琴弦，定下音位。空桑；瑟名，一说为地名。

**【译文】**魂魄啊归来！不要害怕，不要有戒惧之心。这里有代、秦、郑、卫四地的音乐，吹起竽乐，曲调声起。有伏羲的《驾辩》，有楚地的《劳商》。一齐清唱《扬阿》之歌，由赵国的箫乐来领唱。魂魄啊归来！为空桑之瑟调弦定音。

二八接舞①，投诗赋只。叩钟调磬②，娱人乱只③。四上竞气④，极声变只⑤。魂乎归来！听歌譔只⑥。朱唇皓齿，嫭以姱只⑦。比德好闲⑧，习以都只⑨。

**【注释】**①二八：十六个舞女，即八人一列，两列共十六人。

②叩钟调磬（qìng）：钟、磬，两种打击乐器。

③乱：欢快。

④四上：指乐曲结构的四个组成部分。竞气：指乐曲中四个环节的乐声依次强于前面的环节。

⑤极声变：穷极乐音的曲折变化。

⑥譔（zhuàn）：陈述，表达。

⑦嫭（hù）以姱：嫭、姱都是美丽美好的意思。

⑧比：相同。好闲：仪态美好、娴静。

⑨习：熟悉礼节。都：仪容美好、高雅。

**【译文】**十六位佳人轮流起舞，配合着诗赋雅乐的节拍。敲响编钟，调好磬声，演奏欢快的歌曲。乐曲四部依次演奏，音声渐强，变化无穷。魂魄啊归来！来把这曲中之意好好聆听。美人们唇红齿白，俏丽无比。才德都不相上下，仪态也美好娴静，熟悉礼节，而又修美高雅。

丰肉微骨，调以娱只①。魂乎归来！安以舒只。嫮目宜笑②，蛾眉曼只③。容则秀雅④，穉朱颜只⑤。魂乎归来！静以安只。姱修滂浩⑥，丽以佳只。曾颊倚耳⑦，曲眉规只。滂心绰态⑧，姣丽施只⑨。

**【注释】**①调：性情和顺。

②嫮（hù）：同“嫭”，美好，这里用来形容眼睛。

③蛾眉：女子细长而好看的眉毛。

④容：仪容，容态。则：举止，行为。

⑤穉（zhì）：又作“稚”，幼小。

⑥姱修：美好，淑丽。滂浩：一本作“修广婉心”，当从之。“婉心”，性情柔顺的意思。

⑦曾：重累，层叠，这里指面颊丰满。倚耳：耳向后贴，不外张。

⑧滂心：心胸阔大。绰态：姿态柔美绰约。

⑨施：呈现。

**【译文】**肌肤丰润，骨相纤秀，性情和顺，令人愉悦。魂魄啊归来！你会感到舒心安乐。她们都明目含笑，蛾眉细长，仪容秀雅，红润的脸庞娇嫩无比。魂魄啊归来！你会觉得宁静安逸。她们都美好淑立，性情柔顺，真称得上是旷世之美。且面颊丰满，两耳顺和，弯弯的眉毛就好比圆规画之上去。她们心胸阔达，姿态绰约，姣好柔美展露无遗。

小腰秀颈，若鲜卑只[①]。魂乎归来！思怨移只[②]。易中利心[③]，以动作只。粉白黛黑[④]，施芳泽只[⑤]。长袂拂面，善留客只。魂乎归来！以娱昔只[⑥]。青色直眉[⑦]，美目媔只[⑧]。

**【注释】**①鲜卑：一种束在腰间的带子。王逸注："衮带头也。言好女之状，腰支细少，颈锐秀长，靖然而特异，若以鲜卑之带约而束之也。"

②思怨移：消除、忘怀忧怨的情思。移，去除。

③易中利心：易中，内心机敏，反应快。"利心"与其意义相近。心中正直温和的意思。

④粉：化妆涂脸用的脂粉。黛：青黑色的颜料，古代女子用之画眉。

⑤芳泽：香膏，也是化妆用的物品。

⑥昔：通"夕"，一本即作"夕"，夜晚。

⑦青色：青黑色，这里指用黛青描画的眉毛。

⑧媔(mián)：形容眼睛美好的样子。

**【译文】**她们腰肢细小，脖颈修美，就仿佛以鲜卑带子束缚一般。魂魄啊归来！你将忘却忧怨的情思。她们内心机敏，反应极快，这些从动作中就能表现出来。脂粉白，眉黛黑，再搽上香膏。长长的袖子轻轻拂面，善于殷勤应对客人，让人流连忘返。魂魄啊归来！夜晚留下来娱乐。青黑的眉毛平而直，美丽的眼睛脉脉含情。

靥辅奇牙[①]，宜笑嘕只[②]。丰肉微骨，体便娟只[③]。魂乎归来！恣所便只。夏屋广大[④]，沙堂秀只[⑤]。南房小坛[⑥]，观绝霤只[⑦]。曲屋步壛[⑧]，宜扰畜只[⑨]。

**【注释】**①靥（yè）辅：脸颊上的酒窝。奇牙：奇，殊异美好。奇而好的牙。一说指门齿。

②嘕（xiān）：笑的样子。

③便（pián）娟：形容体态轻盈美丽的样子。

④夏屋：高大的屋子。

⑤沙堂：用丹砂涂饰成红色的殿堂。

⑥房：堂屋两侧的房间。坛：这里应指庭院，是游观憩息的场所。

⑦观：宫门外高台上的望楼，可作观看眺望之用。雷（liù）：屋檐。

⑧曲屋：阁道，也就是长廊，因其上修建了类似屋顶的东西，且又回环曲折，所以叫曲屋。一说深邃幽隐的屋室。步壛（yán）：长廊。

⑨扰：驯养。畜：家养之兽。

**【译文】**脸颊有酒窝，牙齿奇又好，一笑俨然，妩媚动人。身形丰满婀娜，体态轻盈美丽。魂魄啊归来！随你的喜好，任凭你行事。这里的房屋又宽又大，厅堂涂满丹砂如此壮美。朝南的偏屋，小巧的庭院，楼观屋檐下的水槽供水流淌。回环曲折的长廊可供观览，奇珍异兽园囿圈养。

腾驾步游，猎春囿只[①]。琼毂错衡[②]，英华假只[③]。茝兰桂树，郁弥路只[④]。魂乎归来！恣志虑只。孔雀盈园，畜鸾皇只[⑤]！鹍鸿群晨[⑥]，杂鹙鸧只[⑦]。鸿鹄代游[⑧]，曼鹔鹴只[⑨]。魂乎归来！凤凰翔只。

**【注释】**①囿（yòu）：畜养禽兽的园林，有围墙，汉代以后称为“苑”。

②琼：美玉。毂（gǔ）：车轮中心的圆木，周围与车辐的一端相接，中油

圆孔，可插轴。错：错综华美的文饰。衡：车辕上的横木。

③英华：华美。假：大，盛大。

④郁：树木丛生，茂盛。

⑤鸾：古代传说中的一种神鸟。皇：通“凰”，古代传说中的鸟王，雄为凤，雌为凰。

⑥鹍（kūn）：鹍鸡。群晨：在清晨时分一起飞翔鸣叫。

⑦鹙（qiū）鸧：一种水鸟，头顶无毛，性凶猛贪恶。

⑧代：更替，轮流，这里有来来往往的意思。

⑨曼：绵长，延续。鹔鷞（sù shuǎng）：一种神鸟的名称。

**【译文】**驾车奔驰信步漫游，春日时分在园林打猎。美玉镶嵌车轮，车衡错金镂彩，真是盛大华美。香草桂树茂盛丛生，郁郁葱葱栽满路旁。魂魄啊归来！顺遂你的心意，纵情游乐玩赏。五彩孔雀飞满园林，还豢养着鸾鸟凤皇。鹍鸡鸿雁清晨啼鸣，中间还混杂着鹙鸧的声声跟唱。天鹅往来自由自在，鹔鷞群飞连绵不绝。魂魄啊归来！看那神鸟凤皇在飞翔。

曼泽怡面，血气盛只。永宜厥身，保寿命只。室家盈廷，爵禄盛只[①]。魂乎归来！居室定只。接径千里[②]，出若云只。三圭重侯[③]，听类神只[④]。察笃夭隐[⑤]，孤寡存只[⑥]。魂兮归来！正始昆只[⑦]。田邑千畛[⑧]，人阜昌只[⑨]。

**【注释】**①爵：官位，爵位。禄：俸禄，即官员的收入。

②接径：道路相交接，四通八达。千里：方圆千余里，泛指疆域广袤。

③三圭：圭为古玉器名，长条形，上圆下方，古代贵族用其作为朝聘、祭祀、丧祭时的礼器。重侯：指子爵和男爵。

④听类神：听讼断狱精审，类似于神明。听，听审诉讼。

⑤笃：通“督”，察。夭：年幼而死，短命。隐：处境困苦。

⑥孤：本指幼而无父，引申为孤独的意思。寡：本指老而无夫，引申为孤独。存：抚恤，慰问。

⑦始昆：昆，后。始昆就是先后的意思。

⑧畛（zhěn）：田间的道路。

⑨阜昌：形容人口众多。

**【译文】**肤色润泽，面色和悦，血气旺盛。身心永远暗示健康，长保寿命。你的宗室家族布满朝廷，官爵、俸禄无比丰盛。魂魄啊归来！你的住所已然安定。道路四通八达，绵延千里，出行护卫聚集如云。封爵公侯子爵男爵，听讼断狱，好比神明。体恤夭折，了解困境，安抚慰问孤儿寡妇。魂魄啊归来！来确定仁政实行的先后次序。田间的道路上千条，人来人往人丁盛。

美冒众流[①]，德泽章只。先威后文，善美明只。魂乎归来！赏罚当只。名声若日，照四海只[②]。德誉配天，万民理只。北至幽陵[③]，南交阯只[④]。西薄羊肠[⑤]，东穷海只。魂乎归来！尚贤士只。发政献行[⑥]，禁苛暴只。举杰压陛[⑦]，诛讥罢只[⑧]。

**【注释】**①美：美善之行，美政。冒：覆盖，这里有溥及众生的意思。

②四海：偏远地区，蛮荒之地。

③幽陵：地名，也就是幽州，位于今河北省北部、辽宁省一带。

④交阯（zhǐ）：地名，在今两广及越南北部一带。

⑤羊肠：西方山名。一说是地名，位于今山西西北部一带。

⑥献行：百官向上进其治状。一说进献治世良策。

⑦压陛：能人贤士满布朝堂廷阶。陛，殿堂前的台阶。

⑧诛：谴责并黜退。讥：受人讥刺指责。罢：能力有限，不堪大任的庸人。

**【译文】**美政教化溥及芸芸众生，明德恩泽光耀显著。先用严政，再施仁政，即善又美，正大光明。魂魄啊归来！楚国赏罚得当。名声好比太阳一般，光耀四海。德行美誉与天媲美，治理天下百姓安康。北到幽陵，南到交阯，西近羊肠，东抵大海。魂魄啊归来，楚国崇尚贤能之士。君王向下发布政令，百官向上进献良策，禁绝一切严苛暴政。任用能人志士，贤士满布朝堂廷阶，将无能之人斥退，不用那不堪大任的庸人。

直赢在位①，近禹麾只②。豪杰执政③，流泽施只。魂乎归来！国家为只。雄雄赫赫④，天德明只⑤。三公穆穆⑥，登降堂只⑦。诸侯毕极，立九卿只⑧。

**【注释】**①直赢：正直之人。

②近禹麾：亲附、听从圣明君主禹的指挥。

③豪：卓越的人物。

④雄雄赫赫：指国家威势强盛。

⑤天德：德行堪与天相配，所以称为“天德”。

⑥三公：古代辅佐君王的最高的三个官职。一说是太师、太傅、太保；另一说是司空、司马、司徒。穆穆：平和恭敬。

⑦登降堂：出入朝堂、殿堂。

⑧九卿：九个中央国家机关的长官。

**【译文】**正直之人得以执掌国事，听从圣明君主的指挥调整。卓越的人物掌管政权，恩泽流众遍及百姓。魂魄啊归来！这样的国家大有作为。国家威势强盛，德行堪与天配。三公平和恭敬，出入朝堂共议大政。诸侯都得到重用，设立管理国家的九卿。

昭质既设①，大侯张只②。执弓挟矢，揖辞让只③。魂乎来归！尚三王只④。

**【注释】**①昭质：箭靶的中心。

②大侯：射箭时所立之布，类似于箭靶。

③揖（yī）：拱手行礼。

④三王：指夏禹、商汤、周文王。一说指楚三王，即《离骚》中的“三后”，即句亶王、鄂王、越章王。

**【译文】**箭靶的中心已经设立好，布靶也已张设完毕。拿弓持箭，拱手行礼，彼此推辞谦让。魂魄啊归来！崇尚先贤，继承三王的传统。

# 谦德国学文库丛书

（已出书目）

弟子规·感应篇·十善业道经
三字经·百家姓·千字文·德育启蒙
千家诗
幼学琼林
龙文鞭影
女四书
了凡四训
孝经·女孝经
增广贤文
格言联璧
大学·中庸
论语
孟子
周易
礼记
左传
尚书
诗经
史记
汉书
后汉书
三国志
道德经
庄子
世说新语
墨子
荀子
韩非子
鬼谷子
山海经
孙子兵法·三十六计
素书·黄帝阴符经
近思录
传习录
洗冤集录

颜氏家训

列子

心经·金刚经

六祖坛经

茶经·续茶经

唐诗三百首

宋词三百首

元曲三百首

小窗幽记

菜根谭

围炉夜话

呻吟语

人间词话

古文观止

黄帝内经

五种遗规

一梦漫言

楚辞

说文解字

资治通鉴

智囊全集

酉阳杂俎

商君书

读书录

战国策

吕氏春秋

淮南子

营造法式

韩诗外传

长短经

虞初新志

迪吉录

浮生六记

文心雕龙

幽梦影

东京梦华录

阅微草堂笔记

说苑

竹窗随笔

国语

日知录

帝京景物略